현대어

박문수전 · 삼쾌정

서유경 옮김

박문사

머리말

　이 책에서 한 권으로 묶은 작품은 <박문수전>과 <삼쾌정>이다. <박문수전>의 경우 표지 제목은 <박문수전>이지만 소설이 제시되는 면에서는 <어사 박문수>라고 되어 있다. 제목 상으로는 아예 다른 작품일 것 같은 이 두 소설을 함께 실은 것은 몇 가지 이유에서 함께 읽어보면 좋을 것 같다고 판단했기 때문이다. 첫 번째 이유는 두 작품 모두 암행어사로 활약한 인물의 이야기를 다루고 있다는 것이다.

　<박문수전>과 <삼쾌정> 두 작품은 제목도 다르지만, 주인공의 이름이나 서술하고 있는 사건의 구체적인 내용으로 볼 때에도 서로 달라서 관계가 없어 보인다. 또한 전반적인 서술 차원을 살펴보아도 매우 달라서 이 두 작품을 이본 관계에 있다고 하기에도 어려움이 있다. 그렇지만, <박문수전>과 <삼쾌정>은 암행어사 설화라고도 할 수 있는 소위 박문수 설화를 기원으로 한다는 공통점이 있다.

　두 번째로 이 두 작품 모두 암행어사로 활약하는 주인공

이 민간의 백성이 겪는 원통한 일, 그 억울함을 풀어주는 이야기를 다루고 있기 때문이다. 그래서 연구자들은 <박문수전>과 <삼쾌정>을 송사소설이라는 범주로 묶어서 보기도 한다.

송사소설이라는 고전소설 유형은 서사 전개 속에서 인물들 간의 분쟁이나 사회적 문제를 관아를 통해 해결하는 이야기를 다룬 소설들을 묶어서 지칭하는 것이다. 범박하게 말하면 송사 모티프를 갖고 있는 소설들은 송사소설이라고 할 수 있을 것이다. 이렇게 보면 <박문수전>과 <삼쾌정>이 송사소설일 수 있는 것은 이 작품들 안에 관아를 통해 민간에서 일어난 범죄나 문제가 해결되는 이야기가 포함되어 있기 때문이다. 여기서 송사 사건이 포함되어 있다는 정도로 말하는 것은 <박문수전>과 <삼쾌정>에 담긴 삽화들 모두가 송사 사건을 서사화한 것은 아니기 때문이다.

그런가 하면 이 두 작품을 비교해 보면 아이러니컬하게도 <박문수전>에는 암행어사 박문수가 등장하지 않는 이야기가 포함되어 있는가 하면, <삼쾌정>에는 박성수라는 인물이 암행어사로 활약하며 백성들의 원통한 사연을 해결하는 양상을 보인다. 이렇게 <박문수전>과 <삼쾌정>의 각 주인공이 사건과 관련되는 정도를 보면, 오히려 <삼쾌

정>이 암행어사 박문수 이야기인 것처럼 보이기도 한다.

한편 구성 측면에서 볼 때 두 작품 모두 세 가지의 다른 이야기를 실어놓았다는 공통점이 있다. 이는 일반적인 고전소설의 구성이 인물이 태어날 때부터 서술을 시작하고 일대기적 형식을 보이는 것과 다른 점이다. 정리하자면 <박문수전>과 <삼쾌정>은 세 가지의 삽화가 연결되어 제시되고, 이들 삽화 간에 논리적 인과성이 관련성이 별로 없는 특징이 있다.

<박문수전>의 3가지 이야기는 1, 2, 3회로 제목이 붙어 제시되고 있는데, 1회는 '박문수 어사가 구천동 백성을 귀신으로 다스리다', 2회는 '남궁로 군수가 여자 시종을 딸로 삼아 시집보낸 일', 3회는 '배도 진국공이 평생 노력하여 운명을 바꾸다'이다. 이 중에서 1회는 암행어사 박문수와 관련된 설화에서 소설로 만들어진 것으로 밝혀져 있고, 2회와 3회는 중국소설이 번역되어 실린 것으로 알려져 있다.

<삼쾌정>은 세 가지 이야기가 별도의 절로 나누어져 있지는 않지만, 주인공의 이동에 따라 새로운 이야기가 연결되는 방식으로 제시된다. 첫 번째 이야기에서는 주인공 박성수가 과거를 보러 가다가 이천 김 진사 며느리를 보고

의혹을 가진 뒤 검 진사 아들이 죽음을 당한 사건을 알아내고, 과거 급제 후에 암행어사가 되어 범인을 잡고 사건을 해결한다. 두 번째 이야기에서는 암행어사 박성수가 혜광이라는 중과 길을 함께 가다가 혜광이 저지른 범죄를 알게 되어, 합천 홍 진사가 억울하게 뒤집어쓴 살인 누명을 벗겨 주고 진범 혜광을 잡아들여 처형한다. 세 번째는 박성수가 이정윤이 올린 원정을 보고 정순복에게서 이정윤집안의 재산을 받아내어 이정윤에게 돌려주는 이야기이다. <삼쾌정>이라는 이름은 이러한 세 가지의 이야기가 진정한 '쾌'를 느끼게 한다는 데에서 붙여진 것이다.

이렇게 각양각색의 사건 해결 이야기를 차례차례 읽어가다 보면, <박문수전>이나 <삼쾌정>이 소설책으로 발간되었을 때 독자들이 가졌을 관심과 흥미를 상상하게 된다. 박문수가 등장하지 않는 이야기인데도 <박문수전>이라는 이름의 소설책에 포함하여 만든 이유나 세 가지 쾌락이라는 의미로 <삼쾌정>이라고 소설의 제목을 붙인 이유도 모두 독자에게서 받을 관심과 인기를 고려하였기 때문일 것이다.

이 책에서 현대어로 풀어쓰면서 바탕으로 삼은 <박문

수전>의 이본은 활자본으로 경성주식회사 이문당에서 발행한 것이다. <삼쾌정>도 역시 회동서관에서 발행한 활자본을 바탕으로 하였다. 암행어사 활약담을 표방한 <박문수전>과 <삼쾌정>이 활자본 소설로 발간되었다는 것은 이런 유형의 소설 소재가 당시 독자들에게 인기 있는 것이었음을 짐작하게 한다. 암행어사 소재는 현대에 들어 각종 수사극으로 재생산되기도 하였다. 이는 송사소설의 현대문화적 재생산이라고도 할 수 있을 것이다.

　<박문수전>과 <삼쾌정>을 현대어로 다시 쓰면서 가장 중요하게 삼은 원칙은 원문의 서술을 최대한 살리면서 읽기 쉽게 풀어쓴다는 것이었다. 우리 고전소설은 문면 그대로만 읽어서는 이해가 안 될 때가 많아, 배경지식을 활용하면서 서술되지 않은 세부 서사를 채워 읽을 필요가 있다. 이 책은 이러한 점에 유의하여 고전소설의 원문에 따라 충실히 옮기면서도 이해하기 쉽도록 풀어서 쓰고, 의미를 채워서 읽을 부분을 보완하는 방향으로 쓰려고 노력하였다.
　원문이 실린 책의 면수를 표기할까 고민도 하였으나 현대어로 읽는 데에 의미 있는 기능을 할 것 같지 않아 제시하지 않았다. 이 책을 읽다 보면 간혹 단락 간 사이가 많이

떨어져 있는 경우도 있는데, 이는 읽는 과정에서 잠시 쉬어가는 의미로 편의상 띄운 것이다. 독자들께서 편하게 읽으시기를 바란다.

현대어로 읽기 좋게 한다는 목표에도 불구하고, 원문을 따르는 것을 중요한 기준으로 삼다보니, 예스럽거나 현대어로는 잘 쓰지 않는 표현이 있기도 하다. 이런 부분을 참고하여 읽어주시면 좋겠다. 최대한 오류가 없도록 여러 번씩 검토하고 수정하는 작업을 하였으나 여전히 어딘가에 수정이 필요한 부분이 숨어 있을지 모르겠다. 이 역시 여러분께서 이해해 주시길 부탁드린다.

이 책이 나오기까지 주변에서 여러모로 도와주신 분들께 깊이 감사드린다. 그리고 책을 펴낼 수 있도록 허락해 주신 윤석현 사장님과 책이 잘 만들어질 수 있도록 도와주신 편집진께 감사를 표한다.

서 유 경

차례

어 사

박 문 수

박문수 어사가 구천동 백성을 귀신으로 다스리다

　조선 시대 영조 대왕 시절에 박문수라는 인물이 암행 어사로 활약하였다. 박문수는 특별히 남도 지방의 어사로 유명하였다. 그는 재주와 학식이 뛰어나고 덕행도 높아 명망이 조정과 민간에 널리 알려졌다.

　영조 때에 호서 지방의 역적 이인좌와 영남 지방의 정희량 등이 군사를 모아 반란을 일으킨 사건이 있었다. 역적들은 상여에 병기를 싣고 청주에 들어와 병사 이봉상과 진영의 장인 남연평을 죽이고 안성 청룡산 위에 진을 쳤다. 봉조하 벼슬을 하고 있던 최규서가 영조에게 이 변란을 고하였다. 변란이 일어났다는 보고를 받은 영조는 오명항과 박문수에게 명령을 내려 반란을 일으킨 적을 완전히 쳐서 없애도록 하셨다. 그리고 그 일이 진정되고 난 후에는 백성의 근심 걱정을 두루 살피신 영조가 특별히 박문수를 팔도의 암행어사로 명하셨다.

암행어사로 임명된 박문수는 고개를 조아려 감사드리고, 팔도를 순찰하며 다니기 시작했다.

암행어사 박문수의 행색을 보면 낡아서 해진 옷에 찌그러진 갓을 쓰고, 대나무 지팡이와 짚신 차림이었다. 박문수는 그런 모양을 하고 떠가는 구름과 흐르는 물을 따라 한강 남쪽 경기도부터 시작하여, 충청도, 경상도를 돌아다니며 고을 수령과 벼슬아치들이 행정을 잘 하고 있는지 그 득실을 살폈다. 그리고 자신이 들어간 각 마을의 백성들이 사는 수준을 일일이 보살폈다.

그런 후에 박문수 어사가 전라도로 들어가니 한편으로 덕유산이 있었다. 덕유산이라 하는 산은 남쪽 지방에서 유명한 큰 산이었다. 산과 골짜기가 깊숙하여 그윽하고 뾰족하게 솟은 산봉우리들이 겹겹으로 겹쳐져서 봄, 여름, 가을, 겨울 사계절과 밤낮으로 구름과 안개가 끊이지 않고, 승냥이와 늑대가 이리저리 어슬렁거리니 살고 있는 주민

이외에는 날아다니는 새라도 임의로 출입을 못하는 곳이 었다.

박 어사가 구불구불하게 굽은 길로 점점 들어가니 알지 못하는 사이에 어느덧 해는 서쪽 산으로 떨어져 버렸다. 시간이 황혼이 거의 가까워 오는데, 깊은 산속 골짜기에 사람 다니는 길이 없어지고 하늘을 찌를 듯이 높이 솟은 나무들 속에서 우짖는 짐승의 소리만 들리는 것이었다.

사람 하나 없는 텅 빈 산에서 하루 종일 방황하던 박 어사는 배고픔과 목마름이 너무 심하여 마침내 낙엽 위에 엎드러졌다. 그런데 낙엽에 엎어져 있던 박 어사가 앞 쪽을 보니 등잔불이 은은히 보이는 것이었다.

박 어사가 한편으로는 놀라고 한편으로는 기뻐서 등불을 찾아가니 정말 뜻밖으로 마을이 있었다. 사람 사는 집들이 줄지어 늘어서 빼곡하게 모여 있는 것이 엄연한 마을이었다. 이때는 밤이 깊어 집집마다 문을 닫고 만물이 아무 소리 없이 고요하기만 하였는데, 어느 한 골목에 당도하니 창밖으로 등불이 비치며 방안으로부터 괴이한 사람들의 소리가 들리는 것이었다.

어사가 너무 놀라 한 옆으로 비켜서서 창틈으로 살짝 엿보았다. 그랬더니 어떤 늙은이 하나가 단도를 빼어 들고

서 소년 하나를 눕혀 놓고는 그 위에서 윽박지르고 있었다. 그 늙은이는 누워 있는 소년의 배 위에 올라 앉아 칼로 찌르려 하며,

"이놈, 죽어라! 이놈, 죽어라"

하면서 계속하여 죽으라며 소리를 지르고 있었다.

누워 있는 사람은 다만

"죽겠습니다."

하는 말만 하고 있을 뿐이었다.

이를 본 어사가 정신을 진정하고 기침을 크게 하여 인기척을 내었다. 그리고 창문을 두드리며 주인을 불렀다. 그러니까 갑자기 방안이 조용해지며 얼마 있다가 주인이 나와 맞이하였다. 어사가 주인을 따라 방안에 들어서니 누워 있던 사람은 없어지고 단도를 가지고 사람을 죽이려 하여 흉악해 보였던 노인만 있었다.

어사가 자리를 잡아 앉은 후에 자기의 성명과 사는 곳을 그와 서로 주고받으며 길을 잃고 들어오게 된 자세한 경위를 이야기하였다. 노인은 어사의 이야기를 듣고서 얼굴에 수심이 가득하여 대답하기를 자기의 성은 유 씨이고 이름은 안거라 하였다. 그러고서는 길고 긴 한 숨을 몇 차례 쉬었다.

그는 안으로 들어가더니 밥과 과자를 가지고 나왔다. 박 어사는 감사해 하며 밥상을 받은 후에 주인의 내력을 자세히 물었다. 그런데 유안거는 어사의 말에 별로 대답하려 하지 않았다. 박 어사가 보기에는 유안거가 자신의 문제에 대해 이야기하기를 내켜 하지 않는 것 같았다. 하지만 박 어사가 정다우면서도 친절하게 다시 묻자 그때에야 비로소 유안거가 자기에게 있었던 일을 처음부터 끝까지 차례로 말하기 시작했다.

"저의 본래 호적은 경성입니다. 저는 아내 최 씨와 함께 세 살 된 아들 득주 하나를 데리고 덕유산 밑으로 낙향하였습니다. 덕유산으로 온 지 십이 년 되니 득주가 장성하여 어른이 되었습니다. 그래서 무주 사람 김정언의 조카 딸과 득주를 결혼을 시켰지만, 일은 하지 않고 놀고먹으니 집안 살림살이가 다 없어져 버렸습니다. 살림이 점점 더 빈약하여져서는 심지어 심한 추위로 괴로움을 견디지 못할 정도가 되었습니다.

그러다가 마침 이 동네에 사는 구화선이라 하는 사람의 소개로 이곳으로 이사를 와서 오늘까지 글방 선생으로 일한 지 10여 년쯤 흘렀습니다. 이곳은 사방 육십 리가 사람이 살지 않는 곳입니다. 이 지역 사람들이 이곳을 개척

한 지가 어느 시대인지 알 수 없지만 다만 구 씨 일가와 천 씨 일가 두 성씨 친족들만 거주하기 때문에 이 동네 이름을 구천동이라고 불렀습니다. 구천동에 있는 백여 집들 중에 내 집 하나가 섞여 살고 있지만 두 성씨 집안의 학비 수입으로 처음 들어 올 때에 비하면 생활 정도가 풍족하다 할 수 있습니다."

박 어사가 다시 물었다.

"내가 묻고 싶은 것은 주인집에서 오늘 저녁에 있었던 일에 대한 것입니다. 하룻밤에도 만리장성을 쌓는다 하는데 주인께서는 모름지기 숨기지 마십시오. 아까 창밖에서 내가 보았을 때에 주인이 소년을 죽이려 하는 것처럼 보였습니다. 그렇게 칼을 들고 '죽으라!'고 했던 것은 무엇 때문입니까?"

유안거가 깜짝 놀라 말없이 가만히 있더니 한참 있다가 말하였다.

"공이 이미 알고 물으시니 제가 어찌 말하지 않겠습니까? 그 소년은 바로 저의 아들 득주입니다. 이웃에 천운서라 하는 사람이 있었는데 저의 6촌 조카를 며느리로 삼았습니다. 그 아들의 이름은 천동수입니다. 그런데 천운서의 집에 시집간 제 6촌 조카가 부정한 행실을 하였습니다. 조카는 동수의 아내가 되고 나서도 본래부터 비밀스럽게 해 오던 부정한 짓을 계속 저지르고 있었고, 그런지가 오래 되었습니다. 이것은 이웃들이 모두 아는 것입니다. 그런데 뜻밖에도 동수의 아내가 간통한 남자가 내 자식 득주라는 것이 알려졌습니다.

천운서와 천동수가 이 일을 두고 서로 의논하기를 자기 집의 부녀가 간통한 일은 가문의 수치이므로 그것에 대해 보복하기 위해 유 씨 집안 부녀를 빼앗는 것이 좋겠다고 하였습니다. 그러고서 저의 집에 기별을 보내 알리기를 저의 아내 최 씨는 천운서가 빼앗고, 제 자식 득주의 아내는 천동수가 빼앗겠다고 했습니다. 그러면서 제대로 된 혼례 예식을 따라 같은 날에 자신들의 혼인식을 올린다 하며 혼수와 잔치를 여러 날 계속하여 장만하였습니다.

그런데 혼례일이 바로 내일이니 오늘밤을 지나면 천 씨 부자가 저의 집에 들어와서 신부를 내어 놓으라 할 것입니다. 내일 그들이 와서 우리 집 모녀를 강탈하려 하면, 그들은 힘이 강하고 저희는 약하여 상대가 되지 못하니 그들이 하자고 하는 것을 따르지 않을 수 없을 것입니다. 그러니 저희 가족들은 그런 욕을 앉아서 당하는 것보다 차라리 죽는 것이 낫다고 생각하게 되었습니다. 그래서 오늘밤에 칼을 들어 제 자식을 죽이고 저의 며느리를 죽이고 저의 아내를 죽인 후에 저까지도 모두 죽어서 그들의 사나운 폭력을 피하고자 합니다. 이런 상황이니 공은 이곳에서 잠시라도 머물지 못할 것 같습니다. 이 길로 멀리 사람들이 사는 곳으로 떠나서 급한 화를 면하십시오."

이 말을 듣고 박 어사가 또 물었다.

"내일 혼례식을 한다는 시간이 언제입니까?"

유안거가 대답하였습니다.

"오후 세시쯤이라 합니다."

박 어사가 다시 묻기를

"이곳에서 가장 가까운 관청이 거리가 얼마나 됩니까?"

하니 유안거가 대답하였다.

"이 마을 관청이 서남쪽으로 칠십 리 정도 가면 있다고 합니다."

박 어사가 기쁜 표정으로 유안거의 손을 잡고 말했다.

"주인께서는 염려하지 말고 가만히 있으십시오. 제가 이 길로 나가 내일 세 시 이전에 좋은 소식을 알릴 것이니 부디 안심하고 기다리십시오."

유안거가 다시 말했다.

"공의 말을 믿지 못하겠습니다. 괜히 저의 집안 일로 부질없이 다른 사람이 욕을 당하게 될까봐 겁이 납니다."

이 말을 듣고 박 어사는 몇 번이나 간곡히 당부한 후에 즉시 구천동을 떠나 서남쪽 방면을 향하여 갔다. 어사가 칠흑같이 어두운 밤에 수풀을 헤치고 산봉우리와 골짜기를 넘어 칠십 리나 되는 무주읍에 도착하니 날이 이미 훤히 밝아 있었다.

원래는 그 고을에 공문을 미리 보내 암행어사 출두를 해야 할 것이었으나 너무나 갑작스럽게 바삐 달려오는 통에 체면을 차릴 여유가 없었다. 박 어사는 옳고 그름을 따질 것 없이 관청 대문 앞에 달려들어 마패를 친히 잡고

"암행어사 출두요!"

하고 불러대었다.

벽력같은 마패 소리가 무주읍을 진동하니 온 관청이 뒤집히고 전후좌우로 온 사방이 소요하였다. 이 읍의 군수는 잠결에 일어나서 혼이 달아날 정도로 놀라 엉겁결에 도망치려 하였다. 이때 역졸이 모여들고 공방에게 호령하니 이 읍 관아에 속한 아전들과 하인들이 차례로 나타나며 어사를 영접하여 모시었다.

박 어사는 한편에 자리 잡고 앉으며 고을의 수령을 청

하니 수령의 성명은 임해진이었다. 이때 고을 수령인 군수 임해진이 혼비백산하여 들어왔다.

박 어사가 군수를 대하고 맨 처음에 묻기를

"이 고을에 있는 재인과 광대의 수가 얼마나 되는가?" 하였다. 그러니 군수가 혼이 빠지도록 놀라 관아에 있는 모든 부서를 지휘하여 알아내도록 하였다. 우열을 가리지 않고 부서에 속한 모든 광대를 낱낱이 불러들이니 그 수가 심히 많았다.

어사가 명령을 내려 그 중에서 땅 재주 잘 하는 광대를 선택하도록 했다. 그리고 그 광대들에게 관아에 있는 문 세 개를 뛰어넘는 시험을 해 보도록 했다. 그렇게 하고 나니 광대들 중 절반 남짓 남았다.

어사가 분부하여 그 중에서 씩씩하고 날쌘 4명을 고르게 했다. 그 후에 종이와 붓을 친히 잡고 군복 다섯 벌의 견본을 그림으로 그려 군수에게 내어주며 말했다.

"이 견본 그림대로 군복을 지으라. 그리고 색깔은 다섯 가지로 하여 빨리 가져오라."

고을 수령이 당황스러워 하며 받아 보니 옷 모양이 심히 흉측하고 공포스러워 보였다.

군수가 관아에 명령하여 오색 군복을 즉시 만들어 바

치니 어사가 네 명의 광대에게 군복을 주어 챙기도록 하였다. 그리고 덕유산으로 향하였는데, 그때는 이미 해가 높이 떠 있는 시간이었다.

이때 유안거는 어젯밤 지나가던 나그네가 한 말을 반신반의하면서도 그날 밤에 하려고 했듯이 자기 식구를 차마 죽이지는 못하고 있었다.

날이 점점 밝아 오니 천운서의 집에서 혼인식을 준비하러 왔다. 그리고는 자기 집 대청을 치우고, 신랑 신부가 혼인식 올릴 교배청을 마련하였다.

유안거가 이 거동을 보니 진즉에 죽지 못한 것이 한스러울 뿐이었다.

정오가 지나자 천 씨네 집 부인들이 떼를 지어 들어오며 내정으로 돌입하였다. 그리고 안채에 있던 늙은 최 씨 부인과 그 며느리 김 씨 부인을 붙잡아 앉히고 연지와 하얀 분으로 치장하기 시작했다.

유 씨 일가는 이런 일이 벌어지는 것을 보며 마음이 급해 발을 동동 구르고 당황하여 어찌 할 줄 몰랐다. 정한 시간이 임박하니 천 씨 집안의 노인들과 젊은이들이 천운서와 천동수 부자를 옹위하고 들어왔다.

천 씨 부자 두 사람의 옷차림은 하나같이 똑같았는데,

머리에는 혼례 때 쓰는 사모를 쓰고 허리에는 각대를 띄었으며 발에는 수혜자를 신었다. 그러고서 천 씨 부자가 차례로 앞뒤에서 마당을 밟아 들어오는 모양을 구천동 백여 집 사람들이 일시에 모여 들어 다투어 구경하였다.

사람들이 서로 이르기를

"이와 같은 혼례는 사람 사는 세상에서 처음 있는 일이라."

하였다.

신랑 두 사람이 교배청에 이르러 천운서는 왼편에 서고 천동수는 오른편에 서서 나무 기러기를 차례로 드리며 신부가 나오기를 계속하여 재촉하였다.

그런데 그때 홀연히 마당 한가운데서 구경하던 사람들이 물결같이 쩍 갈라졌다. 그리고 그 가운데로 신장(神將) 하나가 황색 예복에 황색 갑옷을 입고 족제비 꼬리털 달린 큰 도끼, 작은 도끼를 비스듬히 차고 들어왔다. 이와 함께 방위를 지키는 귀신 구진과 등사는 황색 깃발을 높이 들고 엄연하게 걸어 들어오는 것이었다.

보는 사람들은 모두 황겁하여 한쪽 옆으로 비켜서며 감히 눈을 들어 바로 보지 못하고 있었다. 그 신장이 매우 거만스러운 태도로 교배청에 올라가 중앙에 자리를 잡고

앉더니 손에 가진 족제비 꼬리털 달린 큰 도끼, 작은 도끼로 교배상을 벽력 같이 한 번 내려치며

　"동방 청제 대장군!"

하고 크게 불렀다. 그 소리가 얼마나 크던지 말이 떨어지자마자 공중으로부터

　"예이!"

하며 명령에 따르는 소리가 산골짜기에 진동하면서 신장 하나가 마당 가운데로 떨어졌다.

　그 신장은 청색 두건과 청색 옷에 청룡 깃발을 높이 들고 각, 항, 저, 방, 심, 미, 기 별자리를 응하도록 하여 좌청룡이 동쪽 방향에 비켜서는 것이었다.

　중앙 신장이 다시 도끼로 상을 치며

　"서방 백제 대장군!"

하고 불렀다.

　그랬더니 이전과 같이 공중으로부터

　"예이!"

하며 명령에 따르는 소리가 일어나며 신장 하나가 마당으로 떨어졌다.

　그 신장은 백호 깃발을 높이 들고 규, 루, 위, 묘, 필, 자, 삼 별자리를 응하여 우백호가 서쪽 방향으로 완연히

서는 것이었다.

중앙 신장이 다시 족제비 꼬리털 도끼를 높이 들어 교배상을 치며

"남방 적제 대장군!"

하고 불렀다.

"예이!"

하는 소리가 다시 공중에서 일어나며 신장 한 명이 떨어졌다. 그 장수는 붉은 색 두건을 쓰고 붉은 색 옷에 주작 깃발을 높이 들고 정, 귀, 유, 성, 장, 익, 진 별자리를 응하여 남주작이 남쪽 방향으로 섰다.

중앙 신장이 다시

"북방 흑제 대장군!"

하고 부르니 전과 같이 흑색 두건에 흑색 옷 입은 신장 하나가 현무 깃발을 높이 들고 두, 우, 여, 허, 위, 실, 벽 별자리를 응하여 북현무가 북쪽 방향으로 서는 것이었다.

동, 서, 남, 북 사방 신장이 방위를 정한 후에 중앙 신장이 소리를 높이 하여 말했다.

"나는 중앙 황제 대장군으로 옥황상제의 명을 받아 이곳에 온 것이다. 옥황상제가 명하시기를 무주 구천동에서 오늘 오후 세 시쯤에 괴기스럽고 흉악한 두 사람이 나타날

것이니 그 사람들을 잡아 바치라고 하셨기에 내가 여러 신장들을 불렀다. 사방 신장은 함께 힘을 모아 이 사람들 중에서 사모를 쓰고 각대를 띤 두 사람을 잡아 가도록 하여라."

사방 신장이 일제히 이 명령을 듣고 교배상 앞에 허수아비 같이 서 있는 천운서와 천동수 두 사람을 문 밖으로 잡아내어 비바람같이 몰아갔다.

이 날 유안거 집에 모여 있던 남녀노소 사람들은 신장의 위엄을 보고 놀라 다 각기 도망하여 제 집 방안으로 들어가서 숨어 있었다. 미처 도망하지 못한 사람들은 혼이 빠져서 천지 분간을 못하였다.

사실 이때 천운서와 천동수 부자를 잡아간 신장은 곧 박문수 어사였다.

박 어사가 계획한 것은 이러했다.

박 어사는 무주읍에서 데리고 온 광대 네 명에게 군복을 입히고 유안거의 집 사방에서 뛰어 넘어 들어가도록 했다. 그리고 천운서와 천동수 부자를 잡아서 데려 나오게 했다. 또한 광대들에게 명령하기를 구천동에서 삼십 리 떨어진 곳으로 나와서 천운서와 천동수 부자를 때려죽이고 깊은 산골에 파묻게 하였다. 그런 후에 광대들에게 다 각각 후한 상을 주어 돌려보냈다.

박 어사는 그 길로 나서서 전라도를 다 본 후에 서북쪽의 네 개 도를 차례로 암행하고 경성으로 돌아왔다.

박 어사가 임금님 앞에 나아가 엎드려 절하니 임금께서 기뻐하시어 박문수의 벼슬을 높여 정이품을 하사하셨다.

임금님께서 박문수에게 내직을 담당하게 하시고 난 후 삼 년이 지나갔다.

남쪽 지방에서는 전쟁의 화를 입은 후에 백성들의 사정이 예전보다 더 어려워졌다. 이를 보신 임금님께서 다시 박문수에게 어사또를 명하셔서 충청도, 전라도, 경상도 세 지방으로 내려 보내셨다.

박 어사는 임금님의 명을 받들어 이 세 지방을 두루 다니며 살피다가 전라도 덕유산 아래에 이르렀다. 박 어사가 몇 년 전에 구천동 들어갔던 일을 문득 기억해 보니 어느 사이에 벌써 십 년이 지나간 것이었다. 박 어사는 유안거가 그 뒤로 어떻게 되었는지 알고 싶어 여기 저기 떠돌아다니는 걸객 모양을 하고 다시 구천동에 들어갔다.

박 어사가 구천동에 가 보니 이전에 보지 못하던 기와집 한 채가 우뚝 서 있었다. 박 어사가 의아해 하며 기와집을 찾아 들어갔다.

박 어사가 들어가 보니 십년 만에 보는 것이어서 얼굴은 기억이 흐릿하나 주인의 성명은 분명 유안거였다. 박 어사 자신은 심중에 반가우나 유안거는 어찌 박 어사를 알겠는가?

이윽고 밤이 늦은 후에 박 어사가 유안거를 마주하고 물었다.

"이제까지 어떻게 살아오셨는지요?"

유안거가 대답했다.

"제가 이곳에 들어온 지 십칠 년이 되었습니다. 저는 여기 들어온 이후로 오늘까지 이 동네 청년들을 가르치며 살았습니다. 처음 올 때에는 수입이 넉넉하지 못했는데 어느 때부터 살 만해졌습니다. 그것이 십년 전입니다. 이곳 토박이 구 씨와 천 씨 두 집안이 재물을 함께 모아 이 집을 지어 저에게 주었습니다. 그리고 그 후로부터 거주민 백여 집에서 매년 가을에 수확이 끝나고 나면 곡식과 재물을 제 집에 갖다 주었는데, 그 양이 적지 않았습니다. 저는 해마다 얻는 수입에서 쓰고 남은 나머지를 저축하여 토지를 사 들였는데, 그 땅에서 나는 곡식이 수백 석이 넘을 정도였습니다. 그런데도 거주민이 갖다 주는 양은 오히려 해마다 증가하니 가계가 자연히 풍족해졌습니다."

박 어사가 다시 물었다.

"어찌하여 십년 전부터 거주민이 이 집에 곡식과 재물을 갖다 준 것입니까?"

유안거가 대답하기를

"제가 예전에는 귀신이라 하는 것을 믿지 않았습니다. 그런데 저뿐만 아니라 이곳에 살던 주민들이 모두 한자리에서 눈으로 직접 본 일이 있습니다. 바로 십년 전 일입니다. 제 집과 이 곳 천 씨네 집 사이에 불미스러운 일이 있었습니다. 그 일로 인해 제 집은 곤욕을 당하고 장차 망할 수밖에 없게 되었습니다. 그런 지경을 당하게 된 그때 마침 하늘의 옥황상제께서 오방신장을 내려 보내셔서 제 집과 사이가 좋지 않은 천 씨 두 사람을 잡아 하늘로 데려가 버리셨습니다. 그 후로 오늘까지 그 두 사람의 시체도 내려오지 않고 있습니다. 그 일을 본 거주민들이 매우 놀라 서로 가르치기를

"저 집은 곧 하늘이 아는 집이니 감히 존경하지 않으면 안 된다."

하며 서로 앞 다퉈 저의 집에 좋은 일들을 하기 시작했습니다. 저의 집을 위하여 동네에 크고 넓은 집을 지어 주고,

해마다 재물과 곡식을 갖다 바치기를 감히 게으르게 하지 않았습니다. 그래서 제 스스로

'내가 무슨 덕이 있어서 하늘의 이와 같은 은혜를 입는 가?'

하는 생각이 들었습니다.

이런 하늘의 은혜를 받으니 도리어 두려운 마음을 가지고 이곳 주민들의 자제들을 정성껏 가르쳤습니다. 그렇게 잘 가르쳐서 그런지 지금 이곳에서 새로이 배출되는 청년들은 십년 전 이곳 사람들에 비하면 과연 깨우친 인물이라 할 것입니다."

박 어사가 이 말을 듣고 다만 옥황상제의 은혜에 감사한다고만 하고 더 이상 말하지 않았다. 그리고 이튿날 일찍 구천동을 떠났다.

박 어사가 남방을 돌면서 백성들을 돕고 위로한 지 꼬박 이년 만에 암행어사 직책을 내려놓고 내직으로 다시 올라갔다. 그리고 그 후로부터 온 나라가 태평하여 백성들이 평안히 지내게 되니 조정에도 별 일이 없었다.

영조대왕이 한가한 때에 노련한 신하들을 모으는 자

리를 만드셨다. 그리고 신하들이 평생 동안 직무를 담당하며 겪은 일을 말하도록 하셨다. 그 신하들 중에 박문수도 있었다.

박문수는 덕유산에 들어가 구천동을 다스린 일과 유안거 집에 일어났던 일의 전후 이야기를 세세히 아뢰었다.

영조대왕께서 이 말씀을 듣고 물으셨다.

"그 후에 유안거를 다시 만났을 때에 어찌하여 옥황상제의 은혜라고만 말하고 그대가 한 일은 있는 그대로 말하지 않았는가?"

박 어사가 말씀 드리기를

"제가 그 때 제가 한 일을 말했다면 제가 구천동 마을을 나서지도 못하고 죽는 것은 고사하고 유안거 집안이 망했을 것입니다. 그리고 그 다음에는 구천동 백성이 다시금 임금님의 다스림을 받지 못하게 되는 지경에 이르렀을 것입니다. 만일 임금님께서 신하의 보고를 듣는 오늘의 이 자리가 아니었다면 제 평생에 어찌 이 사실을 말했겠습니까?"

하였다. 이 말을 듣고 임금님을 비롯한 모든 신하들이 모두 함께 박문수의 도량을 칭찬하기를 그치지 않았다.

이러한 일로 미루어 보건대 최근 서양의 과학자가 전기의 진리를 알아낸 것에서 깨닫는 바가 있다. 전기가 발동할 때 충동 되는 물질이 연소되면서 없어진다는데, 이런 전기의 이치가 있는 것을 보니 죄 지은 사람을 하늘이 벽력을 내려 악한 사람을 벌주는 이치가 아주 없다 하지는 못할 것이다.

남궁조 군수가 여자 시종을
딸로 삼아 시집보낸 일

또 다른 이야기이다.

삼한 시대, 변한의 진주부 창원 군수였던 석진은 본래 금주 사람이었다. 석진은 나이 사십이 넘어 상처(喪妻)하였다. 죽은 부인의 소생은 여덟 살 된 딸 하나뿐으로 딸의 이름은 계향이었다. 석진은 부인 생전에 부리던 여종 춘매를 양녀로 삼았는데 춘매의 나이는 계향 소저보다 다섯 살이 더 많았다. 이 둘은 잠시도 서로 떠나지 못하고 모든 일에 항상 함께 하였다.

이때 석진 군수는 다스림에 있어 공평하여 관청에 별

다른 문제가 없었다.

하루는 내아에 들어가 그 딸 계향을 무릎 위에 앉히고 글도 가르치며 간혹 춘매와 장난도 치며 놀게 하였다. 그러다 계향이 뜰 앞으로 내려가서 공을 치니 춘매가 받아서 한 번 찼다. 그런데 공이 굴러 뜰 앞 깊은 굴로 들어가 버렸다.

춘매가 그 굴속에 팔을 들이 밀고 공을 꺼내려 하였으나 굴이 깊어 도저히 꺼낼 수가 없었다. 군수가 곁에서 보다가 계향에게 물었다.

"네가 저 공을 스스로 굴 밖에 나오게 할 도리가 있느냐?"

계향이 한참 생각하다가 춘매로 하여금 물 한 통을 길어다가 그 굴에 붓게 하였다. 춘매가 물을 부으니 공이 물 위에 뜨는 것이었다. 그리고 다시 물 한 통을 더 부으니 공이 물에 떠서 땅 위로 떠내려갔다. 이를 본 군수가 자신의 딸이 슬기롭고 지혜가 있다는 것을 알고 아주 기뻐하였다.

그런 후 어느 날 석진 군수가 창원현에서 뜻밖의 변을 만나게 되었다.

환곡을 쌓아 놓은 창고에 불이 나서 하루 밤낮 사이에 천여 석 환곡의 쌀이 다 타서 없어져 버렸다. 이 일의 연유를 정부에 보고하니 변한의 왕이 크게 노하여 즉시 석진을 삭탈관직하고 환곡에 손해 입은 일천오백 양을 배상하도록 했다.

석진은 본래 청렴결백한 관원인지라 평소에 저축해 놓은 것이 전혀 없었다. 그러니 어찌 이렇게 많은 양의 배상을 감당할 수 있었겠는가? 그래서 자신의 집안 재산을 다 내어놓고 팔아 없앴는데도 배상액의 절반도 채우지 못했다.

석진 군수는 이 일로 인하여 마음에 화병(火病)이 들어 십여 일 만에 세상을 이별하고 말았다.

당시 변한의 규율에는 관원이 나라에 바칠 돈이나 곡식을 써 버렸을 경우, 그에 해당하는 양을 시세에 따라 그 사람의 재산을 몰수하여 채우도록 했다. 그러고도 부족한 것은 그 사람 식솔들을 관비나 노비로 만들어 종으로 공매하여 채우도록 하는 것이 법이었다.

이때 석진의 가족은 다만 계향과 춘매 두 딸뿐이었다. 그러니 이 둘이 관가에 몰수되어 장차 공매될 상황이었다.

마침 그 지방에 진도라 하는 사람이 있었다. 그는 창원현 백성이었는데, 예전에 다른 사람이 지은 큰 범죄에 연루되어 삼년 동안을 미결수로 옥에 갇혀 있었다. 그러다가 석진이 군수로 도임하여 진도의 죄를 다스리게 되었다. 석진이 조사해 본 결과 진도의 감옥살이가 원통한 것임을 밝혀내고 이를 상부에 보고하여 진도를 석방하였다. 진도가 감옥에서 나온 후로 석진 군수의 하해와 같은 은덕을 갚고자 하는 마음이 얼마나 깊은지 밤이나 낮이나 잊지 못하고 있었다.

　이때 석진 군수가 뜻하지 않은 변을 만나서 그 식솔들을 공매한다는 말을 듣고 진도는 공매하는 장소로 갔다. 그리고 공매에서 계향과 춘매 두 사람의 몸값을 아끼지 않고 쳐주고 사서 자기 집으로 데리고 왔다. 계향과 춘매를 데리고 집에 온 진도는 자기 부인을 돌아보며

　"내 평생에 잊지 못하던 석진 군수의 덕을 오늘에야 비로소 만분의 일 정도나 갚을 수 있게 되었습니다."

하였다. 진도는 먼저 계향을 가리키면서 말했다.

"이 소저는 바로 석 군수 어르신의 따님이오. 돌아가신 석 군수 어르신이 고을에서 불우한 변고를 만나신 후 나라에 낼 배상금이 부족하여 석 소저가 관아의 종이 되어 공매될 처지가 되었소. 그래서 내가 공매에 응하여 몸값을 내고 노비 신분을 풀고 왔소이다. 또 저 춘매는 석 소저의 여자 시종이니 그 댁 식구라 하여 역시 관아의 종이 되었기로 함께 몸값을 치러 노비 신분을 풀어준 것이오. 그대는 모름지기 석 군수 어르신의 은혜를 생각하여 춘매와 함께 소저를 존중하여 길러 주시오. 만약 장성하기 전에 그 댁 친족이 찾으시면 다행이겠지만 그렇지 못하면 장성한 후에 어진 배필을 구하여 적당한 가문과 혼인을 시킵시다. 그렇게 하면 돌아가신 어르신께서 혼령이라도 기뻐하실 것이오."

이 말을 듣고 노파가 분주하게 소저를 맞이하여 상석에 앉히며 돌아가신 어르신의 은혜에 감사하는 인사를 드리는 것이었다. 이를 본 계향 소저는 본래 영리한 사람이었기에 자기도 또한 진도에게 은혜를 입었음을 생각하고 앞에 나가 절하며 말했다.

"천한 몸을 거두어 문하에 두실 것이라면 저를 수양녀

로 정하여 주시기를 바랍니다."

이를 들은 진도는 매우 당황하여 소저가 절하는 것을 말리면서 말하였다.

"소인은 돌아가신 어르신에게 다스림을 받던 백성입니다. 소인의 목숨은 돌아가신 어르신께서 주신 것이니 어찌 감히 어르신의 따님을 수양녀로 삼을 수 있겠습니까? 소저께서 일부러 이렇게 하시면 이 늙은이가 바라는 마음을 끊으려고 하시는 것입니다. 소저께서는 깊이 생각하옵소서."

계향 소저가 몇 번씩이나 감사를 표하며 청하였으나 마지못하여 할 수 없이 진도가 말하는 대로 따르게 되었다.

이후로 진도의 집에 있는 사람들은 윗사람이든 아랫사람이든 모두 계향 소저를 가리켜 석 소저라 불렀다. 그리고 석 소저는 진도 부부를 대할 때에 진도는 진공으로, 진도의 부인은 진파라고 불렀다.

그렇지만 이 일로 인해 오히려 이 집 부인 진파의 마음에는 항상 무언가 충분하지 못하고 불만스러운 기색이 있었다. 그 불만스러운 진파의 마음은 계향에 대한 것이었다. 자기 평생에 아들 딸 하나 일점혈육도 없었기에 남이 자녀 둔 것을 보면 항상 부러워하였다. 그러던 중 뜻밖에 진도가 계향을 데려와서 수양녀를 삼을 수 있게 된 것이었다. 진파는 계향이 수양녀가 되면 이제 부모 소리를 들을 수 있겠구나 싶어 반가웠는데, 진도가 고집을 부려 딸로 대하지도 못하고 도리어 주객의 예를 분명히 차리게 되니 당연히 마음이 아주 불쾌했다.

그런데 진도는 어렸을 적부터 상업에 종사해 온 사람이었다. 그래서 번번이 밖에 있는 날이 많아 진파의 기색을 살피지 못했다.

진도는 밖에서 지내고 있을 때에 의복가지와 식료품을 부쳐서 보내주었는데 석 소저의 것으로는 특별히 좋은 것을 선택하여 보냈다. 게다가 진도가 집에 돌아와서는 반드시 석 소저의 안부를 먼저 물으니 진파의 가슴속에는 불편한 마음이 점점 더 깊어져 갔다. 그렇지만 진도가 여러 가지 방법으로 애를 쓰니 진파가 어찌 할 수 없었다.

진파가 진도가 있을 때에는 겉으로 화평한 기색을 띠고 계향을 대했으나 진도가 집에 없는 날이면 석 소저에 대해 현저히 나쁘게 대우하였다.

한 번은 진도가 멀리 떠나 몇 년이 되어도 집에 들어오지 못하고 있었다. 진파는 이때를 이용하여 늘 염두에 두고 있던 감정을 마침내 밖으로 드러내었다. 가슴 속에 맺혀 있던 것이 꽃을 피우고 열매를 맺게 되니 그 표출되는 회포는 분노라 하는 것과 시기라 하는 것 두 가지 마음이 합하여 된 것이었다.

첫째로 분하게 여기는 마음은 계향을 높여서 대해야하는 것 때문이었다. 계향은 당초에 팔린 몸이기에 어디를 가든지 남의 집 노비를 면치 못할 것이었다. 그런데 다행히 노비에서 풀려나 자신의 집으로 들어왔으니 노비라 하여도 괜찮은 것이었다. 이런 계향을 받아들이는 진파의 마음은 이러했다.

'노비로 살게 된 계향을 면천하고 한층 더 신분을 높여서 수양녀로 삼으면 내가 늙어서 비로소 부모의 칭호나 들을 수 있겠구나 하였다. 그런데 천만부당하게도 이전의 신분대로 지위의 높고 낮음을 적용해서 도리어 내 몸을 굽혀 저를 섬기게 되었구나.'

진파가 이런 생각을 하니 마음이 불편한 것이 당연하였다.

그 다음으로 시기하는 마음이 또 있었다.

진도가 진파에게

'내 남편 진도는 집에 들어오든지 밖에서 편지를 부칠 때든지 반드시 계향의 안부를 먼저 물었다. 뿐만 아니라 의복, 음식과 거처 등과 예의범절을 나보다도 항상 더 낫

게 하여 잘해주는구나.'

하는 생각이 들게 한 것이 원인이었다.

　이와 같은 진파의 미움을 여러 겹으로 받는 석 소저의 가련한 신세는 세월이 오래오래 계속되니 한이 점점 더 깊어가게 되었다.

　세상 사람들의 마음은 예나 지금이나 마찬가지이다. 사나이라도 집과 몸이 터무니없이 망한 후 외로운 행적을 남의 집에 의탁하고 있으면 자연히 주인을 대하여 눈치라 하는 것이 없을 수 없을 것이다. 하물며 계향은 십여 세 된 여자아이로 제 몸을 팔리는 마당에 다행히 진도의 주선을 힘입어 진도의 집에 온 것이니 오죽하겠는가! 계향이 진도의 집에 들어온 후 오늘까지 바깥주인의 관후한 대우를 받았으나 자신의 집에서 아버지 살아계실 때에 귀여움 받은 것에 비하면 눈치라 하는 것이 아주 없다 할 수는 없을 것이다.

　더구나 불평한 회포를 띠고 있는 진파 앞에서 지루한 세월을 다섯 해를 보내니 그동안 구름 같은 원망과 빗물같이 흐르는 시름에 싸여 있는 마음이 어떠하겠는가?

　처음에는 진파의 마음속에 어려 있는 눈치가 보이는 정도였는데, 그 다음에는 진파의 마음이 얼굴에 나타나는 기색이 보였다. 다음으로는 그 기색이 밖으로 점점 표출되는 동시에 진파의 혀끝에서 뒤섞이어 화살 쏘듯이 나오는 것이었다.

처음 몇 번은 시종 춘매를 대하여 말끝마다

"너는 세도가 집 종년이라서 그렇게 하느냐?"

"오! 너는 우리 집 상전 석 소저 아씨의 시종이로구나!"
하였다.

이러한 말도 귓속에 여러 번 들어오니 도리어 예사로 지내게 되었다.

그러다가 나중에는 진파의 독한 말이 직접적으로 계향의 몸에 미치기 시작하였다.

어느 때에는

"여보, 작은 아씨! 이리 좀 건너오시오."
하는 말도 남의 귀에 이상스럽게 들렸다. 심지어 악독한 말로 내뿜을 때에는

"이 계집 아이!"

"저 계집 아이!"
해 가면서

"너는 남의 집종으로 팔려 다니던 계집이야!"
라고 하였다. 진파가 이전에 불행할 때의 일을 들어서 말끝

마다 사납게 화를 내며 폭백을 주니 석 소저는 자기 신세를 자탄하며 이따금씩 남모르는 눈물을 흘릴 때가 많았다.

　그 이듬해 정월에 진도가 비로소 집에 들어와 한편으로 석 소저의 안부를 물으며 진파 이하 집안사람의 그간 정황을 살펴보았다. 사오십 년 풍상에 단련되어 있는 진도의 눈치로 집안일이 어떻게 돌아갔는지를 모를 수가 없었다. 한편으로 석 소저를 불쌍히 여기고 다른 한편으로 진파를 악한 계집으로 생각하지만 '풀을 치면 뱀이 놀란다.'고 하듯 괜히 소란하게 하여 일을 그르칠까 두려워하여 비밀히 진파를 불러 사리에 당연한 말로 알아듣게 잘 타일렀다.

　진파가 남편의 말을 두려워하여 겉으로는 석 소저를 처음과 같이 대우하였다. 그렇지만 그런다고 하여 그것이 진짜인지 가짜인지 어찌 드러나지 않을 수 있겠는가?

　이때 석 소저의 나이가 어느덧 십오 세가 되니 진도가 이를 기쁘게 여겨 급히 어진 배필을 구하여 혼인시키고자 하였다. 첫째는 석 소저의 백년을 부탁하려 함이었다. 또 자기가 처음 먹었던 뜻을 끝까지 변하지 않고 한결같게 성취하려 하는 것이었다. 그 다음은 제 집안에 풍파를 자연히 피하여 휴식할 수 있는 길이 되리라 생각했다.

그래서 혼처를 정성을 다해 구하였으나 합당한 곳이 없었다. 마땅한 혼처가 없어 반년 동안을 미루던 중에 오직 진파의 마음이 처음과 같이 화평하였기에 진도가 기뻐하였다. 그러던 차에 가을바람이 높으니 진도는 상업에 종사하는 몸이 되어 다시 집을 떠나 다른 지방으로 향하게 되었다.

진도가 진파에게 석 소저를 보호하여 줄 일을 신신당부하고 그날 바로 길을 떠났다. 진도가 멀리 길 떠나는 것을 본 진파는 그 동안 가슴속에 잠복하여 있던 화염이 몇 천만 길이나 다시 일어났다. 그러나 매우 지혜롭고 아름답기까지 한 석 소저에게 직접적으로 특별히 허물을 들어 말할 것이 없었다. 그러니 애매한 춘매에게 매일 트집을 잡고 꾸짖었다. 잘잘못을 불문하고 춘매에게 함부로 내뱉는 말이 얼마나 많은지 진파의 말이 이르지 않는 곳이 없었다.

공교롭게도 어느 날 아침에는 춘매가 세숫물을 일찍 떠놓는 바람에 진파가 세수할 시간이 되었을 때에는 물이 이미 식어 있었다. 진파는 크게 노하여 화를 버럭 내고 춘매를 불러 세워 한나절을 난타하였다. 석 소저가 춘매의 매 맞는 상황을 보니 살을 깎아 내는 것 같아 진파 앞에 나가서 공손한 말로 만류하였다. 그랬더니 진파가 더욱 노기가 등등하여 춘매와 소저를 물리치고 즉시 제 집사람을 호령하여 말했다.

"저 방자한 석씨 여자가 내 집에 들어와 스스로 교만하게 굴고 있다. 이 모든 문제의 원인은 내 집에 팔려 온 계집아이니 어찌 저를 높이겠는가? 이다음부터는 석 소저라 부르지 말고 계향이라 하라."

하며 다시 소저를 향하여 꾸짖되

"너 계향은 내일부터 내 집 종이다. 이제는 종으로서 부엌에 들어가 일을 하고 집안일을 도와주라. 만약 거행을 잘못하면 춘매와 같이 매를 맞으리라."

하며 하루 종일 꾸짖기를 그치지 아니하였다.

진파가 계향과 춘매에게 이러한 짓을 하는데 진도가 보낸 사람이 도착했다. 그는 진도가 부쳐 보낸 봉물과 편지를 가져 왔는데, 편지의 내용은 이러했다.

보내는 봉물은 곧 석 소저의 혼수이니 석 소저가 거처하는 방으로 들여 잘 간수하여 주시오. 남은 말은 내가 십여 일 후 집에 돌아가겠기에 적지 않노라.

진파가 편지를 다 보고나니 타는 불에 땔나무를 더 넣은 것 같이 마음 가운데서부터 불길이 확 하고 다시 크게 일어났다. 진파는 계향이 받은 상자를 낱낱이 열어 보았다. 그리고 이전부터 진도에게서 계향에게 보내온 봉물을 일일이 꺼내어 제 방으로 되찾아 왔다. 그런 짓을 한 후 진파는 석 소저와 춘매를 가리키며 말하였다.

"너희 두 식구는 내 집에 들어와 5,6년을 금의옥식으로 의탁하였으니 그것만으로도 충분히 지나치다. 그런데 이와 같은 명주 비단을 너를 위하여 내어주면 되겠느냐?"

그러고서는 방안에 놓인 이부자리까지 걷어가 버렸다.

이런 봉변을 당한 날 석 소저는 다만 눈물을 흘릴 뿐 어떻게 달리 할 도리가 없었다.

진파가 이날 밤에 다시 생각하기를

'진도가 돌아올 날이 멀지 아니한데, 만일 진도가 돌아와서 계향의 일을 알게 되면 결코 나를 용서하지 아니하리라. 진도가 집으로 돌아오기 전에 저 두 사람의 흔적을 없애 버리리라.'

하고 계교를 고민하느라 밤에 잠을 이루지 못하였다.

진파는 이튿날 이웃에 사는 장파라 하는 노파를 급히 청하여 데려왔다.

이 장파라 하는 노파는 지금 나이가 사십여 세였다. 장파는 십여 년 전부터 사람을 팔고 사는 패거리로 이 지방 내에서 유명하였다.

진파가 장파를 불러 놓고 계향과 춘매가 5,6년 동안을 자기 집에서 신세진 이야기를 일일이 설명하고 나서 물었다.

"당초에 계향과 춘매를 노비에서 풀려나게 하느라 지불한 몸값이나 받으면 하루 바삐 내 집 대문에서 내보내려 하니, 어느 곳이든지 매매를 원하는 곳을 빨리 구할 도리가 있는가?"

장파가 그 말을 듣고 크게 기뻐하며 말하였다.

"일이 묘하도다! 지금 이 고을 사또께서 무남독녀로 기른 따님이 진해 부윤 자제와 결혼하게 되었는데, 혼인에 필요한 도구가 이미 다 준비되었으나 그 신부를 모시고 갈 여자 시종이 없는지라. 내가 그 시종 구하는 부탁을 맡은 지 여러 날이 되었으나 합당한 자격 있는 이가 없어 아직 구하지 못하였소. 만일 계향을 그 자리로 판다고 하면 본 관사또께서 분명히 큰 값을 아끼지 않고 줄 것이라. 당초에 노비에서 풀어주기 위해 지불한 몸값에서 몇 배나 더

받아 줄 터이니 진파 당신은 내가 청하는 대로 할 생각이
있는가?"

진파가 이르되

"과연 장파가 주선하는 것이 그와 같다면 무슨 어려움
이 있겠는가?"

하니 장파가 조금 있다가 말하기를

"나의 여동생 아들인 조카아이가 있는데 나이가 지금
이십이 넘었으나 아직 장가를 들지 못한지라. 춘매의 일은
그렇게 시행하겠노라."

하고서 장파는 웃음을 띠고 흔연히 일어나 갔다.

본래 이 고을 군수의 이름은 남궁로였다. 남궁로는 지
금 진해 부윤인 고달과 동문수학한 정이 있었다. 서로 벼
슬길에 나선 이후로 백리 밖을 다스리니 서로 간에 다스리
는 관할 구역의 지경이 접하게 되었다.

고달 부윤은 아들 둘을 두었다. 첫째 아들은 고만년이
고, 둘째 아들은 고억년이었다. 두 아들의 나이는 두 살 터
울이었는데 결혼할 나이가 가까워지자 우선 장자 만년의
혼사를 위하여 매파를 남궁 군수 집에 보내어 혼인을 청하

였다.

남궁 군수는 슬하에 십칠 세 된 딸 하나밖에 없었다. 딸의 이름은 서경으로 재주와 용모를 모두 다 갖추어 장중 보옥 같이 기르고 있었다. 남궁 군수는 고달 부윤의 청혼을 받고 자신의 딸 서경과 고만년이 백년가약을 맺도록 허락하였다.

두 집안에서 혼인하기에 길한 날을 정하니 시월 중순이었다.

남궁 군수 집안에서 다른 모든 것은 준비가 되었으나 다만 서경의 곁에 보낼 여자 시종이 없었다. 그래서 남궁 군수는 장파를 불러서 부탁하였다.

"연령이 소저와 비슷하고 천성이 영민한 시종을 구하여 오면 몸값은 아끼지 아니하리라."

하였더니 며칠 지나지 않아 장파가 들어와 진도의 집에 머물고 있는 계향을 천거하였다.

계향의 몸값을 일백오십 양이라 하였는데, 남궁 군수가 즉시 몸값을 내어 주었다.

장파는 계향의 몸값을 받아 진파에게 전하고, 계향을 남궁 군수 집에 보낼 행장을 준비하였다. 장파가 가마를 문 밖에 머무르게 하고서는 계향의 방에 들어가서 다짜고

짜 나가자고 계향을 독촉하였다. 계향은 이것이 어찌된 일인지를 알지 못하고 당황하고 놀라 울기만 했다. 춘매와 계향은 서로 붙잡고

"흑흑"

하면서 흐느끼고 울었다.

이것을 장파가 곁에서 보다가 계향더러 일렀다.

"너는 울음을 그치고 가마에 오르라. 이 길로 내아에 들어가 사또 슬하에서 작은 아씨를 잘 섬기면 네 몸은 평생에 부귀를 누릴 것이다."

하였다.

석 소저가 이 말을 듣고 울음을 그치고 놀라 물었다.

"장파가 하는 말이 도대체 무슨 말인가?"

하니 장파가 설명하였다.

"지금 이 고을 사또께서 그 따님을 위하여 시중들 여종을 구하셨는데, 네 주인 진파가 너를 허락하였다. 진파가 이미 너의 몸값까지 받아갔으니 아니 가지 못할 것이다."

이 말을 들으니 계향이 어찌할 수가 없어 춘매와 이별하고 가마에 오르니 춘매가 하늘을 향해 부르짖어 통곡하였다.

석 소저가 탄 가마가 본 고을의 내아에 이르니 남궁 군수의 온 집안사람들이 계향의 아름다운 자색을 보고 매우 많이 놀라 이상스럽게 여겼다.

남궁 군수는 이를 보고 크게 기뻐하며 계향의 이름을 물었다. 남궁 군수는 계향이라는 이름을 듣고서 말하였다.

"이름이 매우 아름답구나. 그러니 이름을 고치지 않는 것이 좋겠구나."

그래서 남궁 군수 집안사람들은 계향이라는 이름을 바꾸지 않고 그대로 불렀다.

이날 장파는 내아에서 나와 진파의 집에 들어가 춘매를 데리고 왔다. 그리고 며칠 지나지 않아 자신의 조카인 정갑룡과 혼인식을 올리게 했다. 이렇게 해서 춘매는 정갑룡과 부부가 되었다.

슬프다! 계향은 서경 소저의 시종으로 들어간 후로 자신이 맡은 여종의 직책을 제대로 잘 해내지 못할까 두려워하며 지내고 있었다. 그도 그럴 것이 계향은 시종으로서 살아 본 적이 없었기 때문이다. 그러나 자기가 노비의 신분에 처했다가 구원 받았다고 생각했던 사람의 집에서 눈치 받으며 고생했던 일들을 생각하면 오히려 감격스러운 마음도 있었다.

계향이 하루는 뜰 앞에서 먼지를 쓸고 있었다.

그러다 홀연히 계향이 비질을 멈추고 하염없이 눈물을 흘리고 서 있었다.

이때 마침 남궁 군수가 내아에 들어와 있다가 영창 틈으로 계향이 우는 모습을 보았다. 군수는 괴이한 생각이 들어 계향을 불러 울고 있는 이유를 물었다. 그런데 계향이 더욱 더 울기만 할 뿐 울기를 그치지 아니하며 우는 이유를 선뜻 말하려 하지 않았다. 남궁 군수가 재삼 질문을 하니 계향이 꿇어 앉아 말씀을 올렸다.

"제가 어렸을 때에 춘매라 하는 시종과 더불어 저 뜰 앞에서 공을 갖고 놀다가 공을 놓쳤습니다. 제가 떨어뜨린 공은 굴러서 뜰 앞 구멍 속으로 들어가게 되었습니다. 그것을 보신 저의 돌아가신 아버님께서 저에게 물으시길

"네가 어찌하면 저 공이 스스로 땅 위에 올라오겠느냐?"

라고 하셨습니다. 그래서 제가 춘매로 하여금 물 두 통을 길러 오게 하여 구멍 속에 부었습니다. 그랬더니 그 공이 물에 떠서 저절로 나왔습니다. 이것을 보시고 아버님께서

제가 총명하다고 매우 크게 기뻐하셨습니다. 지금 제가 뜰을 쓸다 보니, 그 때에 보던 구멍은 예나 지금이나 여전히 그대로 있는데 그 사이 저의 집안은 보잘것없이 아주 형편없게 되었습니다. 지금 저의 가련한 신세를 생각하니 자연히 눈물이 나서, 제가 울고 있는 것을 깨닫지 못하였습니다. 바라옵건대 용서해 주옵소서."

남궁 군수가 계향의 말을 듣고 보니 의아한 생각이 밀려들어 다시 물었다.

"네가 어찌하여 어렸을 때에 저 뜰 앞에서 놀았느냐? 그리고 너의 아비는 누구이냐? 너의 내력을 자세히 말하여라."

계향이 근심스러운 표정을 지으며 슬프게 대답하였다.

"저의 부친은 6년 전에 이 고을 군수로 있었던 석진 군수입니다. 그런데 군수로 계실 때에 불행하게도 환곡을 쌓아 둔 창고에 불이 나는 사고가 있었습니다. 그래서 아버지께서 화재의 손해를 배상해야 하는 상황에 처했습니다. 저의 집에는 나라의 환곡을 배상할 재산이 없었고, 어떻게 할 도리가 없는 중에 아버지께서는 병이 들어 돌아가셨습니다. 그럼에도 나라에 화재를 배상해야 했기에 그것을 충당할 돈이 없었던 저는 관아에 노비로 잡혀 들어갔습니다.

그때 다행히 진도가 힘을 써 저를 노비에서 풀어주었습니다. 고맙게도 진도가 저를 집으로 데려가 살았으나 진파는 저를 용납하지 못하여 이 댁 소저의 시종으로 제 몸을 팔았습니다."

계향이 자신에게 있었던 일을 이렇게 고하는 말을 남궁 군수가 듣고 보니 계향이가 자신이 이전부터 알고 있던 사람, 돌아가신 석진 군수 바로 그 분의 딸이요, 자신과 같은 동료 관원의 자식이었다. 남궁 군수가 일찍부터 알기로 돌아가신 석진 군수는 분명 청렴결백한 관원이었다. 그래서 평소에 남궁 군수는 사람들에게 매번 석진 군수의 치적을 들어 말하곤 했었다.

남궁 군수가 그렇게 훌륭하다고 생각하는 석진 군수의 딸을 비로소 보게 되니 돌아가신 석진 군수를 만난 듯한 마음이 들었다. 이런 생각에 남궁 군수가 부인을 돌아보며 말하였다.

"이 아이는 돌아가신 군수의 딸이라. 내가 듣고 보지 못하였으면 모르겠지만 오늘 이 모든 이야기를 들어 알게 되었으니 그냥 둘 수 없겠소. 하늘이 계향을 불쌍히 여기

시어 내 집으로 보내셨으니 내 집에서 붙잡아 주지 아니하면 하늘의 뜻을 모르는 것이오. 돌아가신 석진 군수는 황천에 계시니 나를 보시고 어떻게 생각하겠소."

이렇게 말한 후 남궁 군수는 즉시 자신의 딸아이 서경을 불러서 나이를 확인하여 서로 형제자매의 의를 맺게 하였다. 그 부인이 계향의 등을 어루만지며 위로하였다.

"진즉에 사실을 알지 못하여 너로 하여금 시중드는 여종으로 하대를 받게 하였다. 이제 일을 제대로 알게 되니 마음이 참으로 편안하지 못하구나. 이후부터는 너희가 형제자매 간의 의를 지키며 사이좋게 지내도록 해라."
라고 부탁하면서 집안사람들에게 발표하기를 계향의 신분을 높여서 그 호칭을 석 소저라고 부르도록 하였다. 다만 딸아이 서경에게 시중드는 여종이 없는 것이 걱정되었다. 남궁 군수가 가만히 생각해 보다가

"나에게 좋은 도리가 있다!"
하며 즉시 편지 한 통을 써서 고달 부윤 집으로 보냈다. 이때 고달 부윤 집에서는 장자 만년의 혼사를 정한 후로 혼인날이 점점 가까워지자 온 집안사람들이 안팎으로 분주하게 지내고 있었다. 그런 중에 혼인할 규수 집으로부터 편지가 도착하여 고달 부윤이 받아 보니 내용이 이러하였다.

인사는 생략하고 드릴 말씀을 바로 적도록 하겠습니다.

아들을 장가들이고 딸을 시집보내는 것은 부모에게 기쁜 일입니다. 이 일에서 내 몸을 내려놓고 다른 사람을 붙잡는 것이 높으신 선배의 고명한 뜻일 것입니다.

저는 최근에 딸자식을 위하여 시중들 여종을 구했는데, 이름을 계향이라 합니다. 계향의 사람됨을 보면 용모가 단정하고 행동거지가 차분하고 자상하여 마음에 항상 이상하다고 여겼습니다.

그런데 그 아이가 어떤 사람인지 살아온 이야기를 들어보니 계향이 바로 저희 군의 전임 군수였던 석진 군수의 딸이었습니다.

본래부터 석진은 청렴결백한 관원이었는데 불행하게도 화재로 환곡의 쌀을 태우는 재앙을 당했습니다. 이 일로 석진은 관직을 빼앗기고 결국 자신의 일생도 망하게 되었습니다. 석진이 병들어 죽었음에도 오히려 나라에 갚아야 할 돈은 부족하여 그 집안 식구들까지 공매되었습니다. 이 아이 역시 공매되어 관아에 종으로 잡혀 들어가게 되어 어느 한미한 집으로 팔려 갔었습니다.

그러다가 계향이 이번에는 제 집으로 들어온 것입니다. 저는 이제야 이 아이에 대해 바로 알게 되었습니다. 동료 관원의 자식은 곧 나의 자식이 아니겠습니까? 그러니 이 아이를 어찌 제 딸의 시종으로 정하겠습니까? 그래

서 제가 계향과 저의 자식 서경을 형제자매의 의를 맺게
하였으니 이제 계향도 저의 자식이나 한가지입니다.

　그런데 이제 계향도 또한 비녀 찌를 나이가 되었습니
다. 이런 상황에서 이 아이보다 어린 제 딸을 먼저 시집보
내는 것은 이 아이 아버지와의 관계를 생각해 볼 때 부끄
러운 일이라는 판단이 들었습니다. 그래서 석진의 여식을
위하여 사위로 들일 좋은 사람을 구한 후에 제 딸의 혼사
를 마치고자 합니다.

　바라건대 귀댁의 아드님과 정한 혼인 일자를 뒤로 좀
미루어 후일을 기다리게 하소서.

남궁로 올림

　고달 부윤이 다 본 후에 재삼 생각하더니 문득 이르기를
"남궁로가 일을 처리한 방식을 보니 과연 덕망 있는
어른이라 할 만하다. 내가 어찌 저 일에 대하여 좋은 일을
남궁로 혼자 하게 하겠는가?"
하며 곧 답장을 남궁 군수 집으로 부쳤으니 그 편지는 이
러했다.

　공경하며 답장을 올립니다.
　뛰어난 인물의 짝은 비록 아름다운 인연으로 맺어지

는 것이지만 여우와 토끼의 슬픔에도 함께 하는 것은 대개 뜻이 서로 같기 때문입니다. 형은 동료 관원의 딸을 자신의 딸로 삼으시니 제가 어찌 마음으로부터 형의 마음을 본받지 않을 수 있겠습니까?

편지에 말씀하신 뜻을 여러 번 거듭하여 번복하게 되는 것은 돌아가신 석진 군수에 대한 생각이 간절하기 때문입니다. 말씀하신 석씨 가문의 아가씨는 청렴한 동료 관원의 혈맥입니다. 문벌이 상당하니 원하건대 석씨 가문의 여식을 저의 며느리로 허락하시어 이왕에 정한 혼삿날에 혼례를 마치게 해 주십시오.

댁의 귀한 따님은 다시 높은 가문의 자제 중에 훌륭한 사람을 가리어 사윗감으로 구하시면 두 집안 모두 편안하게 하는 원만한 방법이 될까 하나이다. 예전에 거백옥이라는 사람은 홀로 군자 되기를 부끄러워하였으니 지금은 군수께서 높은 의를 나누어 저에게 붙여 주시기 바랍니다.

고달 올림

남궁 군수는 이 답장을 읽고, 고달 부윤이 왜 이러한 편지를 보냈는지 그 의로운 계획을 충분히 짐작할 수 있었다. 남궁 군수는 내아에 들어가 부인을 찾아 고달 부윤의

편지에 담긴 뜻을 이야기하며 의논하였다. 남궁 군수가 하는 말을 듣고 부인이 말하기를

"아무리 그러해도 어찌 저희 딸과 이미 정한 연분을 바꾸겠습니까? 다만 계향의 혼사를 먼저 정하는 것이 좋겠습니다. 그렇게 한 다음 서경의 혼인을 원래 하려던 대로 변함없이 진행하도록 하는 것이 옳겠습니다."

하였다. 그리고 고달 부윤의 집 내아로 보내는 편지를 쓰기 시작했다. 그럴 수 있었던 것은 남궁 군수의 부인과 고달 부윤의 부인은 서로 친가 쪽 일가일 뿐 아니라 어렸을 때에 이웃하여 친하게 지내며 성장하였기 때문이다. 자라면서 평상시에도 편지를 주고받는 일이 자주 있었다.

이 날 남궁 군수의 부인이 혼사에 대한 편지를 고달 부윤 내아로 부쳤는데 그 글은 다음과 같았다.

간단히 글로 적어 말씀 드립니다.

의지할 곳이 없는 규수에게 장가드는 것은 비록 높은 의라 할 수 있겠으나 이미 정한 연분을 바꾸는 것은 대의를 어기는 것입니다. 저희 집 딸과 귀댁의 도련님이 아직 서로 부부지간의 즐거움을 이루지는 아니하였으나 이미 월하노인이 맺어준 인연으로 약속한 혼인일이 머지않았

습니다.

　지금 갑작스럽게 귀댁의 아드님과 이미 약속하고 정한 연분을 버리고 다른 사람을 취하는 것은 예법에 어긋나는 것입니다. 또한 저희 집에서 딸과 혼인하기로 정한 사위를 놔두고 새로이 사위를 구하면 다른 사람들이 시시비비하는 것을 면치 못할 것입니다.

　바라건대 귀 가문에서는 세 번 생각하시어 반드시 기왕에 정한 언약을 따르게 하소서.

　　　　창원 내아 석씨가 삼가 올립니다.

　고달 부윤의 부인이 이 편지를 보고 부윤에게 의논하였다. 부윤이 편지글에 담긴 뜻을 듣더니 얼굴에 부끄러운 빛을 띠고 말하였다.

　"내가 너무 급작스러워 미처 제대로 생각하지 못하여 큰 실례를 저지른 것 같소. 이제 내가 다시 생각해 보니 남궁로 집과의 혼사 문제를 해결할 묘한 도리가 있습니다." 하고 부인에게 남궁 군수 집으로 답장을 써 보내도록 권하였다. 그 편지에 이렇게 쓰여 있었다.

딸로써 딸을 바꾸게 하려 한 것은 저의 집에서 의를 중히 여겼기 때문입니다. 이미 맺은 연분을 끊고 다른 연분을 취하는 것을 즐겨하지 아니함은 귀 가문에서 예법을 중시하고 지키려 하기 때문일 것입니다.

감히 말씀드리고 싶은 것은 저의 둘째 아이입니다. 이 아이는 나이가 이제 십칠 세가 되었습니다.

바라건대 귀댁의 따님은 저의 장남 고만년과 이미 정한 연분을 이루도록 하기를 원합니다. 그리고 석씨 가문의 따님은 저의 차남 고억년에게 허락하시면 아름다운 신랑과 아름다운 신부가 쌍으로 인연을 이룰 수 있을 것입니다. 두 쌍의 아름다운 부부가 삶의 모든 순간과 행동을 백 년 동안 같이 하게 하옵소서. 혼인 도구도 별도로 준비할 것 없고 혼인일도 같은 날이 아름답다 하오니 모름지기 부족한 정성을 말씀드리오니 이 뜻을 헤아려 좇으시고 다른 날을 다시 택하지 마옵소서.

진해 내아 김씨가 공경히 답장을 올립니다.

남궁 군수가 이때에 부인과 같이 앉아 고달 부윤 집의 회답을 기다리고 있었다.

드디어 답장이 도착하여 그 편지를 읽고 보니 뜻밖으

로 기쁜 일이 생긴 것이었다. 남궁 군수 부부가 흡족하여 말하였다.

"고달의 집 사람들이 가진 의기는 천고에 뛰어날 것이다!"

이렇게 양쪽 가문은 혼인에 대한 결정을 내리고 혼수를 준비하였다.

두 쌍의 혼인을 위한 혼수로 의복과 패물을 준비하는데, 어느 한 가지도 차등이 없도록 장만하였다. 모든 준비를 마친 남궁 군수 집안은 혼례일이 오기를 기다렸다.

마침내 혼례일이 되어 고달 부윤 집에서 온 신랑을 쌍으로 맞아 들여 문중 내에서 서로 절차에 따라 예식을 올렸다. 신부가 처음 시집으로 들어가는 예식을 올리고, 신랑은 관대입고 사모 쓰고 혼례를 진행하니 길에서 보는 사람마다 남궁 군수와 고달 부윤 두 가문의 의기를 칭송하지 않는 사람이 없었다.

이 날 남궁 군수 부부는 두 딸을 시집보내고 섭섭한 마음을 이기지 못하여 밤이 깊도록 잠을 이루지 못하다가 그날 밤 새벽에 꿈을 꾸었다. 꿈에서 사모관대를 갖추어 입은 관원 한 사람이 당당하게 앞에 와서 이르되

"나는 이 고을의 이전 군수 석진입니다. 불행하게 이

고을에서 죽은 후에 옥황상제께옵서 나의 청렴함을 불쌍히 여기시고 불러 올리셔서 나로 하여금 천상계를 모시게 하셨습니다. 공이 높은 의기를 지니시어 혈혈단신으로 의지할 곳 없는 저의 딸을 건져 주셨기에 감사한 마음에 그 일에 대해 옥황상제께 아뢰었습니다. 옥황상제께서 이를 들으시고 특별히 공의 음덕을 생각하시고 공에게 아들 하나를 허락하셨습니다. 옥황상제께서 공의 아들이 공의 가문을 빛나게 하리라 하셨습니다."

하며 표연히 가는 것이었다.

그 후로 과연 사십이 넘은 남궁 군수 부인이 비로소 아들 하나를 낳아, 이름을 천석이라 하였다.

천석이 점점 자라나서 저의 부모 생전에 마한으로 들어가 높은 벼슬에 이르렀다.

고달 부윤의 두 아들도 본국에서 같은 때에 급제하여 같은 때에 부귀영화를 누렸다.

한편 진도의 집에서는 진도가 돌아와 보니 석 소저와 춘매가 없는 것이었다. 석 소저와 춘매를 찾아 진도가 진파에게 질문을 하니 진파가 말하기를

"석 소저와 춘매 두 아이는 밤중을 틈타 같이 도망하였소."

하였다. 진도는 이 말을 믿을 수 없어 곧이듣지 않았다.

그 후에 진도가 본 군수 가문과 진해 부윤 가문이 서로 혼인을 맺는다는 이야기를 들었는데, 거기에 석 소저 소식이 있어 크게 놀랐다. 그래서 춘매가 어디서 어떻게 살고 있는지 그 거취를 조사하여 알아내고 춘매를 구하여 석 소저에게로 보내려고 하였다.

이때 춘매는 정갑룡과 맺은 부부의 애정이 이미 깊어 서로 떠나지 못할 정도였다.

진도가 고달 부윤의 집에 찾아가서 진파의 죄를 대신하여 사과하고 춘매에게 있었던 일을 자세히 고하였다. 진도가 고하는 이야기를 들은 고달 부윤은 즉시 춘매와 정갑룡을 불러 들여 자기 집안의 사람으로 삼았다.

한편 고달 부윤은 진도에게 후한 상을 주려 하였다. 그렇지만 진도는 이 상을 받지 않았다. 진도는 진파의 불량함을 마음 속 깊이 원망하면서 진파를 다시는 돌아보지 않고 다른 곳으로 가서 젊은 여인을 얻어 함께 살았다. 진도는 그 여인과의 사이에서 아들 형제를 낳았으니 이것은 모두 진도가 선을 쌓은 결과라 할 것이다.

배도 진국공이 평생 노력하여
운명을 바꾸다

이제 또 다른 이야기 한 편이다.

중국 한나라 문제 때에 세도가로 한참 유명하던 등통이라 하는 신하가 있었다. 한 문제는 등통을 신뢰하여 밖에 나갈 때면 반드시 등통으로 뒤를 따르게 하며 궁궐에 들어와서는 등통과 함께 거처하였다. 한 문제가 등통에 대해 베푼 은총은 이루 비할 곳이 없었다.

이때에 관상을 잘 보는 허부라 하는 사람이 있었다.

허부가 등통의 관상을 보고 가로되

"한때의 부귀는 지극히 족하나 다만 종리문이라 하는

주름살이 입으로 들어갔으니 필경은 굶어 죽기를 면하지 못하리라."

하는 것이었다. 한 문제가 그 말을 듣고 크게 진노하여 말했다.

"등통의 부귀는 내게 달리었거늘 누가 등통으로 하여금 곤궁하게 하겠는가?"

이런 일이 있은 뒤에 문제가 드디어 서측 동광을 등통에게 내어 주었다. 그리고 등통이 스스로 돈을 만들어 쓸 수 있게 하니 등통의 부요함이 온 나라에서 대적할 이가 없을 정도였다.

한 번은 이런 일이 있었다.

한 문제에게 우연히 부스럼이 생겨서 고름이 터져 나오고 있었다. 이를 본 등통이 고름이 나오는 곳에 입을 대고 고름을 빨아 뽑아내었다. 그러자 한 문제가 놀랄 정도로 상쾌함이 느껴져 신기하게 여겼다. 그때 마침 황태자가 들어왔다. 한 문제는 황태자를 보고 부스럼을 빨아 뽑아달라고 명을 내렸다.

그런데 황태자는 이 명을 듣고서

"이제 막 생선회를 먹었기에 감히 옥체에 가까이 못하겠나이다."

하고 물러서 나가는 것이었다.

한 문제는 황태자가 한 행동을 보고 탄식하였다.

"정이 지극하기로는 부자지간만 한 것이 없다 하였는데 자식은 아비의 부스럼에 입을 대지도 못하는구나. 그런데 등통은 능히 나의 부스럼을 빨아 고름을 뽑아주니 등통의 깊은 애정은 부자지간보다 낫구나! 이 일을 보아도 등통이 가진 특별한 충정과 사랑은 가히 짐작하겠다."

황태자가 그 말을 듣고 마음속 깊이 등통을 미워하였다.

그 후에 한 문제가 붕어하시고 황태자가 즉위하니 바로 한 경제였다.

한 경제는 즉위하고 나서 등통을 죄인으로 잡아 다스렸다. 그것은 등통을 화폐 위조범으로 모는 것이었다. 한 경제는 등통의 재산을 국고에 몰수하고 등통은 빈 방에 유치하고서는 음식 공급을 끊어버렸다. 그러니 등통은 당연히 굶어 죽을 수밖에 없었다.

이와 비슷한 일을 겪은 또 다른 인물로 주아부를 들

수 있다.

주아부는 한 경제 때에 출장입상하여 기세가 얼마나 등등했는지 온 세상을 흔들었다 할 만하였다. 그런데 주아부도 종리문이 입으로 들어간 관상이었다.

한 경제가 보기에 주아부의 위엄이 너무나 굉장하여 마음에 거리낌이 생겼다. 그래서 한 경제는 주아부를 황실에 대한 범죄를 저지른 것으로 죄를 얽어서 옥에 가두어 버렸다.

옥에 갇힌 주아부는 분한을 이기지 못하여 음식을 먹지 않고 버티다 죽음을 맞았다.

등통과 주아부, 이 두 사람은 부귀가 천지를 흔들 정도를 컸었으나 얼굴에 나타나는 흠절, 곧 종리문으로 인하여 관상가가 술법으로 말한 대로 죽었도다!

그러나 관상에 대한 서적에 이와 같지 않은 구절이 있다.

사람의 얼굴에서 관상을 보는 것이 그 사람의 마음에서 관상을 보는 것만 못하다.

이 구절은 어떤 뜻을 말하는 것인가?

가령 높은 등급의 부귀를 누릴 관상을 타고 난 사람이라도 남에게 악한 짓을 많이 쌓으면 자기의 복이 없어질 수 있다는 것이다. 또한 지극히 흉악한 관상을 타고 난 사람이라도 마음에 품은 의지가 단정하고 남에게 선을 베풀고 좋은 일을 많이 하면 재앙이 바뀌어 오히려 복이 될 수도 있다는 것이다. 이것은 가히 사람의 노력으로 능히 이겨내어 운명을 돌이킬 수 있음을 말하는 것이지, 관상법이 사람의 운명을 맞추지 못함을 말하는 것은 아니다.

이를 이전 사람들이 겪으며 지내 온 여러 가지 일들을 통해 증거를 들어 말할 수 있다.

중국 당나라 시대에 배도라 하는 사람이 있었다. 배도 역시 종리문이 입으로 들어가 있었다.

배도는 어려서부터 집이 가난하여 사방으로 이리저리 정처 없이 떠돌아다니다가 향산사라 하는 절에 들어갔다.

배도가 향산사에 들어가 지내다가 우연히 그 절의 우물곁에서 보석으로 장식된 띠 하나를 주웠다. 배도가 생각하기를

'이렇게 주운 물건을 내가 이용하면 남의 이익을 덜어서 나에게 붙이는 것이다. 내가 어찌 차마 그러한 일을 행하겠는가?'

하였다. 배도는 다른 사람의 것을 자신의 것으로 취하지는 않으리라 결심하고 그 우물곁에 앉아서 물건 잃은 사람이 오기를 기다리고 있었다. 그랬더니 그리 오래 지나지 않아 젊은 부인 하나가 울며 와서 말하였다.

"첩의 늙은 아비가 불행하게도 옥에 갇혀 있는데, 첩의 집에서 대대로 전하는 보석 띠를 옥리에게 바치면 아비의 죄를 속하여 주겠다고 하였습니다. 그래서 저의 집안에 있는 보물을 가지고 이 절을 지나다가 부처님께 축원을 해야겠다는 생각이 들었습니다. 저는 부처님 앞에 나가기 위해 이 우물에 와서 세수를 하였는데 그러는 사이에 그 보물이 빠져버렸나 봅니다. 아무래도 이 우물 근처에 그 보석 띠가 흘러 있을 것 같습니다. 누구든지 제발, 그 보석 띠를 주운 분이 있으시면 저에게 돌려주시길 바랍니다. 보석 띠가 있어야 저의 늙은 아비를 구할 수 있습니다."

하는 것이었다.

배도가 부인의 말을 듣고서 흔연히 보석 띠를 내어 주었다. 그 부인은 매우 기뻐하며 배도에게 감사하고 갔다.

그런 일이 있은 후 어느 날 관상 보는 사람이 배도를 보고 깜짝 놀라며 말하였다.

"공의 얼굴 생김새가 변했습니다! 어떻게 된 일인지 지금은 공의 얼굴이 굶어 죽을 관상이 아닙니다. 그 사이에 혹시 다른 사람에게 은덕을 끼친 일이 있습니까?"

배도가

"저에게 아무 일도 없었습니다."

라고 대답하니 관상 보는 사람이 그럴 리가 없다고 생각하고 배도에게 다시금 질문하였다. 관상 보는 사람이 재차 질문하는 것을 듣고서야 비로소 배도가 향산사에서 보석 띠를 주인에게 내어 준 일을 말하였다.

배도에게 있었던 일을 들은 관상가가 말하였다.

"이 일은 곧 남에게 좋은 일을 베푼 적선에 해당합니다. 당신은 후일에 부와 지위를 모두 가질 것입니다."

관상 보는 사람의 말대로 과연 배도는 그 후에 당나라 정승이 되고 팔십까지 장수하였다. 이렇게 배도의 운명이 바뀐 것은 그가 쌓은 덕 때문이다. 배도가 평생에 음덕을 끼친 일은 비단 향산사에서의 일뿐만이 아니었다.

당나라 헌종이 즉위한 지 십삼 년 되었을 때에 배도가 군사를 거느리고 회서 지방에서 일어난 폭도 오원제를 쳐서 물리쳤다. 이 일로 인해 배도의 위엄이 온 나라를 진동하니 각 곳에서 일어났던 폭도가 잠잠히 그치게 되었다. 헌종이 배도를 내각 수상으로 삼고, 그 공을 높이 사서 배도에게 진국공의 작위를 주었다.

배 진국공이 내각에 자리를 잡은 이후로는 당나라 전체에 치안이 잘 유지되어 사방에 일이 없었다. 이렇게 되니 헌제가 이제는 교만 방자하여져서 정치에 방해되는 일을 많이 행하였다.

배도가 이를 염려하여 여러 번 상소하였으나 헌제가 듣지 않았다.

그런 상황에서 간신 황보박이 배도를 모함하여 혁명당의 우두머리가 배도라고 지칭하는 사건이 벌어졌다. 그런데 헌제가 황보박의 주장에 귀를 기울이고 도리어 배도를 점점 의심하였다. 이를 알아챈 배도가 이후로는 입을 봉하고 조정의 일에 대해 말하지 않기로 결심하였다.

그러니 배도는 자연히 마음이 울적하고 아무 일에도 즐거움이 없어 자신의 집에서 악기를 연주하며 음악을 소일거리로 삼아 세월을 보냈다. 배도 주변에 있는 부윤이나 군수는 진국공 배도를 위로하기 위해 당대에 가무에 능하고 인물이 월등한 여인을 구하였다. 혹시 그런 여인이 있으면 서로 값을 아끼지 않고 구해 앞다투어 배 진국공 문하에 바쳤다.

이때에 진주부 만천현에 살던 소아라 하는 여자아이가 배 진국공 문하에 올라와 있었다.

배 진국공은 아직 그 여자아이에 대해 자세히 알지 못하고 있었다.

본래 이 소아의 성은 황가로, 만천현 황 진사의 딸이었다. 소아는 일찌감치 본 고을 당벽이라 하는 사람과 혼인을 굳게 언약하였으나 그때에는 이 아이의 나이가 너무 어렸기 때문에 성례하지 못하였다. 그러다가 신랑 될 당벽이 벼슬길에 나가게 되었는데, 우연하게도 처음 벼슬할 때부터 지방에 관직을 맡아 집을 멀리 떠나 다니게 되었다.

처음에는 괄주 용종현에 벼슬을 맡아 갔는데, 그 다음 임소는 월주의 회계 관리로 발령이 나서 또다시 전근을 가게 되었다. 그러니 어느 사이에 황 소아의 혼사는 점점 늦어져 갔다.

그동안 소아는 자연히 장성하여 곱고 아름다운 자태를 가졌는데, 커갈수록 더욱 기묘하였다. 항상 웃는 얼굴은 나팔꽃이 이슬을 머금은 것 같고, 버들가지에 물이 오른 듯한 몸은 형산백옥을 깎아 세운 것 같았다. 소아는 용모도 아름다울 뿐 아니라 겸하여 음률에도 정통하니 황 소아의 이름이 그 일대에서 높았다.

이때에 진주 자사가 당대에 최고 미색이 어디 있을지 구하고 있었다. 진주 자사도 역시 최고로 아름답고 가무에 뛰어난 여인을 찾아 배 진국공 문하에 바치려고 하였기 때문이었다.

진주 자사가 그 지방 내에서 소아의 아름다움이 월등함을 듣고 만천 현령에게 부탁하여 소아를 데려오라 하였다.

만천 현령이 진주 자사의 요청에 대해 답신하여 보고하기를

"소아의 자색과 가무는 당대에 독보적인 수준이라 할 수 있습니다. 그러나 소아는 태학사의 딸입니다. 그런 규수를 구할 도리는 없을 것 같습니다."

하였다. 이 보고를 받고 진주 자사가 만천 현령을 친히 만나 강하게 부탁하였다.

"세상사 모든 일이 돈이 있으면 못할 것이 없소이다. 돈으로는 귀신이라도 능히 부릴 수 있을 것입니다. 소아의 몸값으로 황금 삼십만을 줄 터이니, 만천은 모름지기 수고

를 아끼지 말고 이 아이를 구하여 보내시오."

이렇게 진주 자사가 요구하니 만천이 차마 상관의 부탁에 항거하지 못하여 소아를 데려오기 위해 급급하였으나 아무리 해도 좋은 도리가 없었다. 요사이 몇 번 사람을 황 진사 집에 보내었다가 번번이 황 진사에게 격렬하게 거절당하였다. 이런 지경이 되니 만천 현령이 한번은 직접 몸소 황 진사 집으로 가서 소아의 일을 의논하였다.

황 진사가 소아의 일로 자신의 집을 찾아온 만천 현령에게 심지어 맹세까지 하면서 자신의 딸 소아는 아주 오래전에 이미 당벽과 혼인을 약속하였다고 확언하였다. 현령이 친히 황 진사의 분명한 뜻과 고집을 확인하게 되니 근심이 깊어지기 시작했다.

그런데 이렇게 소아를 구할 길이 없어 근심하는 만천 현령에게 진주 자사의 독촉은 날로 더 심하여졌다. 진주 자사의 압박에 만천 현령이 마음의 조급함을 이기지 못하고 마침내, 미인을 훔쳐서라도 얻어야겠다는 생각을 하고, 끝까지 가는 수단을 쓰기로 했다.

이 날은 좋은 명절 청명이었다. 현령은 황 진사 집 일행이 집에서 삼십 리나 되는 선영에 성묘를 가게 되어 소아 홀로 집에 머무르게 두었다는 말을 들었다. 현령은 이때가 기회라고 판단하고 친히 관아의 건장한 아전 십여 인을 거느리고 황 진사 집 내정에 돌입하였다. 그리고는 소아를 붙잡아 가마에 실은 후 전광석화같이 진주 자사에게로 보내었다. 소아를 데려온 것을 본 자사는 소아의 몸값 삼십 만금을 즉시 만천현으로 보냈다.

이때 황 진사 집 사람들이 집에 돌아와 보니 소아가 없는 것이었다. 온 일가 사람들이 놀라고 당황하여 어찌할 줄을 몰라 사방으로 조사하고 알아보다가, 소아가 만천 현령에게 겁박을 당하여 진주부로 보내졌다는 것을 알았다.

소아가 지금 진주부에 있다고 하는 소식을 듣고 황 진사는 즉시 진주부에 들어가서 자사를 만났다. 황 진사는 자사에게 전후 사정을 고하며 소아를 내어 달라 하였으나 자사는 머리끝까지 오른 화를 마구 쏟아내기만 하였다. 황 진사는 진주 자사에게 끝내 거절당하고 망연히 집으로 돌아왔다. 황 진사가 집에 와서 보니 만천 현령이 소아의 몸값으로 보낸 삼십 만금이 와 있었다.

한편 당벽이 회계 관리의 임기가 끝날 때가 되어 장차 어느 곳으로든지 전근을 가게 될 상황이었다. 그래서 당벽

이 생각하기를

'이때를 타서 소아와 혼인식을 올리는 것이 적당하겠다. 그러니 내가 황 진사 집에 들어가서 친히 의논해야겠다.'

하고 장인 황 진사를 찾아갔다.

황 진사가 혼인식을 올리겠다고 찾아온 당벽을 보고 너무나 서럽고 슬프게 눈물을 흘렸다. 황 진사가 당벽에게 이르되

"자네가 한미한 가문과 혼사를 맺으려 하니 불행하도다!"

하며 이어서 황 진사가 소아 규수를 능히 보전하지 못하고 진주 자사에게 겁박을 당한 이야기와 결국 소아 규수를 배진국공 집에 들여보내게 된 일의 전말을 한바탕 설명하였다.

당벽이 이 말을 듣고 나니 분한 마음이 하늘을 찌를 듯하여 씩씩하게 황 진사 집의 문을 나가 서울로 올라갔다. 그것은 당벽의 마음에 이 길로 올라가서 반드시 자신이 이왕 맺은 인연을 찾아야겠다고 생각했기 때문이었다.

만천현에서부터 서울로 가는 길은 수로로 통해 있었다.

그런데 당벽이 배에 올라 떠난 지 삼일 만에 더욱 기가 막힌 일을 당했다. 그것은 바로 소아의 몸값 삼십 만금을 비로소 본 것이었다.

어찌하여 당벽이 그 돈을 지금에서야 비로소 보았던가!

그것은 황 진사 집에서 당벽이 떠날 때에 너무나 과격한 기색을 띤 것을 보고 황 진사가 두려워하여 소아의 몸값을 당벽에게 직접적으로 전달하지 못한 것이다. 대신 당벽이 배에 오르기 전에 돈을 배에 실리고 뱃사람을 단단히 타일러 배가 떠난 지 수일 후에 당벽에게 통지하라고 하였기 때문이다.

당벽이 그 돈을 보니 마음속 깊은 곳에서부터 화가 다시 만 길이나 높이 솟았다. 화가 치민 당벽이 종들에게 말했다.

"내가 맹세코 황 진사댁 소아 규수를 찾아 아내로 삼을 것이다. 후에 저 돈은 본래의 곳으로 도로 보내고 말리라. 그러니 저 돈을 온전히 보관하라!"

서울에 도착하여 당벽은 배 진국공의 집 가까이에 여관을 정하였다. 그런 후 당벽은 자신이 회계 관리를 역임한 문서와 장부를 내부에 올린 후 여관에 돌아왔다. 그리고 날마다 배 진국공 집 소식을 탐문하였다.

당벽이 그렇게 소아 규수의 소식을 알기 위해 수소문하였으나 그리 쉽게 정보를 얻을 수 없었다. 어떻게 그리배 진국공 집 소식이 산같이 막히고 바다같이 깊었던가!

대저 당나라는 전제 정치 제도를 따랐다. 전제 군주 국가는 황실로부터 백성에 이르기까지 계급을 따라 강압적으로 구속된다. 그러므로 높은 지위에 있는 사람이면 개인적인 혐의가 있다고 하여도 감히 송사하지 못하였다. 고관들이 거주하는 주택에도 아무나 출입할 수 없도록 엄하게 금하였다. 그래서 집안사람들이 아니면 함부로 집에 드나들 수 없는 사정이었다.

당벽은 오직 분한 마음을 가득 품고 힘들고 고된 세월을 여관에서 보내고 있었다.

그러던 어느 날 내부로부터 임명이 내려왔다. 당벽이 역임했던 업무에 결점이 없음을 보고 소주 지방의 참군으로 임명한 것이었다.

당벽이 이날 임명장을 받고 당일에 여행 준비를 하여

배를 잡아타고 소주로 향하였다.

당벽이 탄 배가 여러 날 만에 동진 어구에 이르러 배를 대이고 밤을 지내게 되었다. 그런데 한밤중에 갑자기 강도 십여 명이 벌떼 같이 달려들어 당벽의 일행을 결박하고 여행 물품을 낱낱이 빼앗아 갔다. 이 강도는 당벽이 소아의 몸값 삼십 만금을 갖고 가는 것을 아는 자로 서울에서부터 뒤쫓아 온 것이었다.

당벽의 일행이 이튿날 살펴보니 소주로 가져 갈 문서와 장부가 하나도 남아 있지 않았다.

당벽이 어쩔 수가 없어 다시 서울로 길을 돌이켰다. 서울로 돌아간 당벽이 내부에 그 사유를 보고하니 내부에서는 당벽이 도난당한 증거가 충분하지 못하다고 판단하였다. 그래서 당벽을 임명했던 관직에서 물러나게 하였다.

당벽이 어떻게 할 수 없어 이전에 머물렀던 여관으로 돌아왔으나 여비가 아주 다 없어져 곤경에 처하게 되었다. 당벽은 연일 객지에 머무르며 자기의 신세가 어렵고 불행함을 한탄하였고, 다른 한편으로는 소아의 일을 깊이 원망하고 있었다.

이러니 당벽이 밤이면 밤마다 낮이면 낮마다 눈물이 마를 때가 없었다.

그러던 어느 날 저녁, 밤이 깊었을 때였다. 평상복 차림을 한 사람이 하나 들어와서는 당벽에게 성명과 본적을 확인하며 따져 물었다.

"무슨 직업을 가지고 있기에 여관에 들어와 여러 날을 머무르는가?"

이렇게 말을 하니 당벽이 생각하기에 그 사람이 형사인가 의심이 들어 자신의 대답이 혹시 착오를 가져와 일이 어그러질까 겁이 났다. 그래서 당벽이 자기가 연일 여관에 투숙하고 있는 사유를 자세히 그에게 이야기해 주었다.

당벽의 대답을 듣고 그 사람이 말했다.

"공이 만일 지금 곤경에 처하여 잃어버린 본직을 회복하고자 한다면 어찌 배 진국공을 찾아 원통한 일들을 하소연하지 않는가? 배 진국공은 당대에서 관대한 대신이라. 곤경에 빠진 사람을 구원하는 경우가 적지 아니한데, 공은 그것을 아직 듣지 못하였는가?"

당벽이 이 말을 듣고 눈물을 줄줄 흘리며 머리를 마구 가로 흔들었다. 그러면서 말했다.

"나 듣는 앞에서는 배 진국공이라는 말을 꺼내지 마시

오."

그 사람이 놀라 물었다.

"공이 배 진국공과 무슨 거리낄 만한 일이 있소?"
하였다.

그런데 그 사람의 질문을 듣고도 당벽이 대답하려 하지
않았다. 그러니 그 사람이 몇 번이나 간곡히 다시 물었다.

당벽이 그 사람을 자세히 살펴보니 나이는 오십 살 정
도 되어 보였다. 그리고 그의 말과 행동으로 보건대 훌륭한
어른이라 생각되었다. 그래서 당벽이 그 사람을 좋은 사람
이라고 짐작하고 전후 실정을 상세하게 말하기 시작하였다.

"제가 일찍이 어렸을 때에 만천현 황 진사의 딸과 결
혼 약속을 하였습니다. 그런데 제가 벼슬길에 나가게 되어
지방으로 다니다 보니 분주하여, 서로 장성할 때가 되도록
미처 혼인을 이루지 못하였습니다. 그런데 그때 당시에 배
진국공이 여성의 노래와 춤을 좋아하니 진주 자사가 배 진
국공에게 아첨하려는 마음에 자신이 있는 지방에서 가장
뛰어난 미색을 구하여 바치려고 하였습니다. 진주 자사가
여러 방면으로 아름다운 여인을 알아보다가 만천현에 있
는 황 진사의 딸이 자색이 뛰어나다는 소리를 듣고 만천
현령으로 하여금 그 여자를 데려오도록 했습니다. 만천 현

령은 진주 자사의 압박에 못 이겨 황 진사의 딸을 겁측하여 배 진국공 문하에 보냈습니다. 그래서 지금 황 진사의 딸, 저의 배필은 배 진국공 집에 있는 상황입니다. 저에게 오래전 하늘이 내려준 연분을 끊게 한 것이 배 진국공입니다. 그 사람이 직접 행한 일은 아니지만 결국은 원인이 거기에 있다 할 것입니다. 사람을 죽이는데 인정이 어찌 사람마다 다르겠습니까? 내 평생에 배 진국공을 깊이 원망합니다."

그 사람이 당벽의 말을 다 듣고서 슬픈 표정을 지으며 말했다.

"나는 배 진국공과 친척관계에 있는 사람이므로 매일 배 진국공의 집을 출입합니다. 내가 공을 위하여 황 진사의 딸을 반드시 찾아내겠소. 황 진사댁 딸의 이름은 무엇이오?"

하니 당벽이 대답하였다.

"그 여인의 이름은 소아라고 합니다."

그 사람이 당벽과의 이야기가 끝나자 일어나서 가며 다시 당부하였다.

"내일 이때쯤이면 반드시 배 진국공 집으로부터 공에게 무슨 통지가 있을 것이오."

그 사람이 이렇게 말하였음에도 당벽은 그 사람의 말을 믿지 아니하였다. 그런데 이튿날 다시 생각해 보니

'만약 그 사람이 과연 배 진국공과 친척 사이라고 한다면 배 진공에게 원망을 품은 나를 도리어 해치려 하지 않을까?'

하는 걱정이 들었다. 당벽은 날이 다 지나도록 이런저런 생각으로 이리 뒤척 저리 뒤척 하며 근심하였다. 그런데 밤이 깊은 후에 관아에서 보낸 사람들 사오 명이 여관에 들어와서는 만천현 사람 당벽을 떠들썩하게 찾는 것이었다.

당벽이 마음속에 의심이 들어 자신을 찾는 소리에 대답하지 않고 있었다. 그런데 관아에서 온 관리가 여관 주인을 불러 말하기를

"당벽이라 하는 사람이 누구냐? 우리는 배 진국공 댁의 분부로 이 사람을 보러 왔노라."

하며 주인을 호령하니 주인이 겁을 내어 당벽을 가리켰다. 당벽을 확인한 관리가 당벽을 붙잡아서 배 진국공 문하로 풍우같이 몰아갔다.

당벽은 몹시 당황하며 허둥지둥 관아 사람들을 따라 배 진국공의 집에 이르렀다. 당벽이 뜰 앞에 서니 대청 위에서 배 진국공이 당벽을 불러올리라 하였다.

당벽이 배 진국공의 청에 황송해 하며 올라가니 배 진국공을 좌우에 모신 사람이 당벽에게 명하기를

"앉으라!"

하였다. 그래서 당벽이 꿇어앉으니 배 진국공이 당벽을 보고

"네가 나를 알지 못 하느냐? 눈을 들어 나를 보라."

하는 것이었다. 당벽이 배 진국공을 한번 보니 바로 어젯밤에 여관에서 자신과 여유롭게 이야기를 주고받던 평상복 입은 사람이었다. 당벽이 배 진국공의 얼굴을 확인하고서는 너무 놀라고 당황하여 어찌할 줄 모르고 머리를 숙여 사죄했다. 어젯밤에 자신이 쏟아 놓은 이야기는 하지 말아야 했을 말들이었기 때문이었다.

그런데 배 진국공이 어떻게 해서 어젯밤에 여관에서 당벽을 만나게 된 것일까?

배 진국공은 당시에 일품 재상으로 있으면서 나랏일을 근심하고 백성을 보살피고 사랑하는 업무를 담당하고 있었다. 성실하고 능력이 뛰어난 배 진국공은 주야로 몸과 마음을 게을리하지 못하였다. 배 진국공은 밤이면 항상 평상복으로 갈아입고 도성 내외를 순행하며 민정을 살폈다. 그러다가 우연히 당벽이 머물고 있는 여관에 들어가서 당벽이 하는 이러저러한 이야기를 듣게 되었다.

자신의 집으로 돌아온 배 진국공이 그 다음날 소아를 불러 만나보았다. 소아를 살펴보니 과연 절대가인(絶代佳人)이었다. 배 진국공이 친히 소아에게 여기까지 오게 된 내력을 물어보니 당벽의 말과 조금도 차이가 없었다. 배 진국공이 다시 물었다.

"너를 전에 혼인을 약속한 도령에게로 도로 보내어 주면 너의 마음이 어떠하겠느냐?"

소아가 그 말을 듣더니 두 눈에서 눈물을 마구 쏟아내며 목이 메어 대답하였다.

"소첩의 보잘것없는 목숨은 상공에게 달렸습니다. 보내든 아니 보내든 어떤 것이든 모두 상공의 처분에 있사오니 어찌 소첩에게 물으시나이까?"

배 진국공이 소아의 상황을 보고 어제 보았던 당벽의 모습을 생각하니 마음에 스스로 측은함을 이기지 못하여 다시 소아에게 이르되

"너의 정혼자를 네가 오늘 만날 수 있게 하겠다."
하고 그날 밤에 당벽을 불러들이도록 했다.

배 진국공 앞에 온 당벽이 계속하여 사죄하는 것을 보고 배 진국공이 당벽에게 이르기를

"지방 수령들이 나에게 올려보내는 물품들을 일찌감

치 막지 아니하였다가 자네로 하여금 거의 백년가약을 어기게 할 뻔하였으니 이것이 모두 이 늙은이의 허물이라. 내가 자네 부부를 위하여 혼사 도구를 담당하고 혼인을 주장하고자 하노니 오늘 바로 혼례식 올리는 것을 사양하지 말라."

하였다.

그리고 자신의 사택에 교배청을 배설하였다. 얼마 지나지 않아 안으로부터 사등롱(紗燈籠)이 쌍으로 나오며 시종 등이 신부 복장을 한 미인 하나를 옹위하고 나왔다. 이 미인이 바로 황 진사의 딸 소아였다.

당벽이 신부를 맞이하여 교배한 후에 마침내 동방화촉에 서로 만났다. 신랑과 신부가 서로 그리워했던 회포를 말하니 그 깊고 깊은 정은 가히 짐작할 수 있을 것이다.

이튿날 배 진국공이 내부에 통지하여 당벽이 역임했던 업무와 관련된 문서와 장부를 조사한즉 결점이 없었다. 그래서 배 진국공은 당벽에게 소주 참군으로 다시 임명하여 삼일 만에 부임하게 하였다.

다시 임명받은 당벽이 임지로 떠날 때에 배 진국공 앞에 나가서 혼인과 임직 모든 것에 대해 백배치은(百拜致恩)하였다. 그리고 당벽이 소아와 함께 길에 오르니 가마

뒤에 혼인 물품과 기구가 수없이 따르는 것이었다. 당벽이 이를 보고 의아해하며 어찌 된 연고인지 알지 못했다.

만천현은 곧 소주로 가는 길가에 있었기 때문에 황 진사 댁에 들를 수가 있었다. 만천현에 도달하여 당벽이 일행을 데리고 황 진사의 집으로 들어가니 황 진사 부부가 깜짝 놀랐다. 황 진사 부부가 잃어버렸던 딸과 의절한 사위를 뜻밖에도 영광스럽게 다시 만나니 그 기쁜 마음이 어떠할지 어떻게 표현할 수 있겠는가!

당벽이 비로소 행장을 안돈하고 뒤에 따르던 혼인 물품과 기구들을 꼼꼼히 살펴보니 여러 개의 짐들이 모두 금, 은, 비단이었다. 이것은 배 진국공이 스스로 담당한 혼수였다.

당벽이 황 진사의 부부와 함께 동행하여 소주에 부임한 후에 배 진국공의 은혜에 깊이 감동하여 침향목으로 배 진국공의 화상 하나를 만들었다. 그리고 그 화상 앞에서 배 진국공의 수복이 계속 이어지도록 평생 동안 축원하였다고 전해진다.

당벽의 일도 배 진국공이 음덕을 쌓은 한 사건이었다.

삼
쾌
정

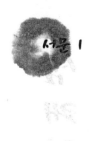

묻노라! 이 세상에서 사람이 얻을 수 있는 쾌락의 종류가 몇 가지나 되겠는가?

부모님이 오래 사시는 복을 누리고 부부가 서로 화락하며 아들딸, 손자, 손녀 많이 두고, 그 많은 자손 가운데에서 의복과 음식에 구차함이 없으면 가히 쾌락이라 할 것이다. 그러나 이것은 한 가정의 쾌락에 지날 뿐이다.

날씨가 화창하여 따뜻한 봄이 한창이라 온갖 만물이 자라 흐드러질 때 삼삼오오 짝을 지어 꽃과 수양버들 옆을 거닐고 산에 오르고 물가를 다니며 유람하고 한 폭의 시와 한 잔의 술로 바람과 달을 노래하며 자연을 즐기는 것도 가히 쾌락이라 할 것이다. 그러나 이것은 일시적 쾌락에 지나지 않는다.

울긋불긋 불 밝힌 술집에서 청가묘곡으로 이 몸을 즐겁게 하고 금은으로 장식한 비단옷에 아름다운 자태로 심신을 상쾌하게 하니 혹은 이것을 쾌락이라 하나 이것은 부패한 쾌락에 지나지 아니한다.

그 외에도 여러 가지 쾌락이 이루 말할 수 없이 많아 손가락을 일일이 꼽아서 다 헤아리기 어렵다. 그러나 그러한 쾌락들은 모두 개인적 쾌락과 일시적 쾌락, 부패한 쾌락에 지나지 않는다. 오직 이 삼쾌정에 들어 있는 쾌락이 개인적 쾌락도 아니고, 일시적 쾌락도 아니며 부패한 쾌락도 아니다.

국가의 법률을 존숭하며 민족의 치안을 안보하여 악인은 경계하고 선인에게는 칭찬하고 상을 내려 선행을 장려하고 보는 이와 듣는 이로 하여금 쾌락한 마음이 스스로 움직이게 한다. 또한 천지신명이 감응하고 고금의 인사와 지하 귀신까지 탄복하게 하는 세 번의 쾌락이다. 어찌 이같은 쾌락의 기별을 우리 동포에게 한번 소개하지 아니하겠는가?

바라건대 이 책 보시는 독자 여러분께서는 다음에 기록한 삼쾌정의 사적을 마음 깊이 음미하며 생각해 보시라. 자세히 보시면 다만 쾌락 넘치는 재미만 진진할 뿐 아니라 연구가에게는 가히 연구의 자료가 되고 정탐가에게는 가히 모범이 될까 하노라.

　동방에서 유명한 금수강산은 강원도 금강산이다. 금강산의 준수한 산봉우리들이 남쪽으로 흘러 오대산이 되었다. 오대산에서 산맥이 두 가지로 갈리어 한 가지는 남쪽으로 흘러 유명한 대관령과 경상도 태백산, 일월산이 되었다. 다른 한 가지는 서남쪽으로 흘러 원주 벽운산이 되고, 다시 동쪽으로 봉우리가 솟아 송악산이 되었다. 송악산에서 남쪽으로 겹겹으로 겹쳐져 있는 월락산을 못 미쳐 청풍 도화동 어귀에 조그마한 삼산이 있고 삼산 가운데 삼계에 다다르면 송림 속으로 은은히 보이는 정자 하나가 있는데, 이것이 이른바 삼쾌정이다.

　삼쾌정의 좌우 삼림에는 푸른 소나무가 무성하게 자라 빽빽하게 서 있어 학의 소리가 끊어지지 아니한다. 삼산 사이로 청계수가 흘러 삼쾌정 울타리 아래에 흰 모시를 걸어놓은 듯이 폭포의 물줄기가 날아 위에서 수직으로 아래로 꽂히듯 떨어지니 마치 은하수가 하늘에서 떨어지는 것 같은 광경이다.

　누구든지 이 정자에 이르러 현판을 바라보면 삼쾌정의 의미가 무엇인지 생각하게 한다. 산수의 경치가 아름다운 가운데 소나무 숲의 바람이 상쾌하고 깨끗하여 삼쾌정이라 하는 것인가 한다. 한 번씩은 의례히 이런 오해도 하고 연구해 보기도 하였으나 삼쾌정에 관한 사실을 듣지 못한 사람은 과연 그 오묘한 의미를 해석하기 어려울 것이다.

　대체로 쾌락이라 하는 것은 비창한 가운데에서 아름다운 결과를 얻을 때 생기는 즐거움이다. 비창함이 없으면 쾌락을 능히 알지 못하는 것은 마치 쓴 것이 있어야 단 것을 알고 어두움이 있어야 밝음을 아는 것과 같다.

　그러므로 이 삼쾌정 사실 가운데 간간이 비창한 사정은 삼쾌정의 쾌락한 광채를 드러내는 영광이다. 그런고로 이 책 보시는 독자 여러분께서는 순전히 쾌락한 마음만 움직이는 것이 아니라 슬픔, 기쁨, 우울함, 즐거움을 사정에 따라 스스로 감동히여 진정한 쾌락을 알 수 있기를 바라노라.

삼쾌정

三快亭

숙종대왕 즉위 초에 시절이 평화롭고 해마다 풍년이 들어 나라가 태평하고 백성은 평안하니 모든 사람들이 격양가를 부르며 세월을 즐겼다.

그때 충청도 청풍 도화동에 선비 하나가 살았는데, 성은 박이고 이름은 춘달이었다.

박춘달이 사십 살이 넘어서야 아들 하나를 두었는데 얼굴은 관옥 같이 잘생기고, 풍채는 두목지 같이 좋고, 문장은 이태백, 필법은 왕희지에 비할 만 했다. 부모가 아들을 사랑하여 이름을 성수라 하고 금과 옥 같이 귀여워하고 아끼며 애지중지하였다.

박성수의 나이가 열여섯 살이 되었을 때에 마침 과거가 시행된다는 기별을 들었다. 그는 잠시 부모님의 곁을 떠나 말 한 필에 지팡이를 짚고서 종을 데리고 과거에 응시하기 위해 길을 떠났다.

　박성수가 하루는 어떤 곳에 당도하였는데 그곳은 이천에 있는 배나무 정자였다. 그는 잠깐 지팡이를 잠시 멈추고 봄 경치를 완상하고 있었는데, 문득 동남쪽으로부터 어떤 가마 한 채가 들어오더니 그 가마도 정자 아래에 이르러 쉬는 것이었다.

　박 공자가 잠깐 바라보니 가마에는 흰색 천을 두르고 삿갓을 덮었으며 휘장처럼 발을 드리우고 있었다. 그 모양을 보니 묻지 않아도 그 안에 있는 사람이 상중에 있는 사람임을 분명히 짐작할 수 있었다.

　박 공자가 속으로 생각해 보았다.

　'저 가마 안에 있는 사람은 여자임이 분명하다. 만약 남자라면 어찌 저렇게 휘장처럼 발을 쳐놓고 그것을 걷지 않겠는가?'

하며 남녀가 유별한 터에 유심히 가마를 살피는 것도 예의에 어긋나는 것이라 생각하고 일부러라도 특별히 주목하지 않으려고 하였다. 그러나 유정한 봄바람이 간간히 불어 가마 앞을 가리고 있는 성긴 발을 흔들 때마다 그 안에 앉아 있는 사람의 눈동자가 바깥에 있는 공자의 화려한 풍채를 따라다니고 있었다. 가마 안에 있던 여인은 벌써부터 공자를 유심히 주목하고 있었던지 이제는 흔들리는 바람을 기다릴 것도 없이 섬섬옥수로 앞을 가리고 있는 발을 반쯤 들었다. 휘장 같은 발을 들고 살며시 내다보는 여인의 월태화용 아름다운 모습을 박 공자도 눈을 들어 얼결에 마주쳐 보고 말았다.

아름다운 복숭아꽃 같은 두 뺨은 가을 하늘 밝은 달의 광채를 저물게 하고 동쪽 바다에서 아침에 뜨는 해의 광채를 부끄럽게 하는 듯 빛나고 있었다. 새하얀 소복을 입고 얌전하고 정숙하게 앉아 있는 자태는 진실로 온 천하에서 가장 아름다운 미인이라 할 만 했다.

박 공자가 마음에 몹시 놀라 감탄하면서 다시 한 번 더 보려고 할 즈음에 가마 메는 일꾼이 벌써 자리를 털고 일어나 가마의 채를 메고 총총히 떠나갔다.

가마가 자리를 뜨니 박 공자도 또한 지팡이에 몸을 의탁하고 일어서서 길을 갔다.

가마와 박 공자가 서로 혹 앞서고 혹 뒤서고 하면서 가는데 박 공자가 간간히 은근한 눈길을 흘려 보았다. 그랬더니 박 공자가 눈길을 줄 때마다 그 여인도 얼굴을 먼저 드러내는 것이 마치 박 공자의 마음을 호탕하게 유인하는 것 같았다.

박 공자가 마음속으로 생각하기를

'참 괴이한 일이구나! 나이는 불과 스물이나 되었을까? 사대부집의 신부 같은데 행동하고 처신하는 것이 저다지 무례하니 진정 이상한 일이다. 내가 반드시 저 뒤를 쫓아 저 여자의 근본과 살아온 내력을 한 번 탐지하여 보리라.' 하였다.

박 공자가 이와 같이 작정하게 된 마음을 생각하여 보면 그의 남다름을 알 수 있다. 보통의 남자였다면 그런 여인을 보았을 때 아름다운 화용월태에 미혹되어 호탕한 마음으로 풍정을 탐하기에 정신이 없었을지 모른다. 여인의 내력을 궁금해 하면 그것에 대해 마치 꽃을 탐하는 미친 나비같이 경박한 태도라고 짐작하는 것이 일반이겠지만 박 공자의 마음은 그런 것이 아니었다. 사대부가의 여인으로서 가져야 할 품행에 맞지 않았기에 박 공자에게는 이상스러운 마음밖에 없었다. 그리고 오로지 의심스러운 마음뿐이었다. 박 공자의 생각에는 이러했다.

'여자의 행실은 얌전하고 정조가 올바른 것이어야 한다. 여인에게는 열녀의 정절이 제일인데 저 여자를 보건대 전혀 그렇지가 않다.

얼굴이 그만큼 어여쁘고, 태도가 그만큼 아름다운 절세가인이라면 분명히 남편의 뜨거운 사랑을 받았을 것이다. 그런데 다른 남자를 이같이 유혹하며 꾀이고 이렇게 관심 있는 태도를 드러내니 저런 행동은 나에게만 행했을 리가 만무할 터, 저 여인의 행실이 어느 정도 부정한지를 가히 짐작할 만하다.

그렇다면 그 여자는 어느 고을 관비인가? 아니면 기생인가? 만일 그러하다면 가마 앞을 가린 것은 또 무슨 일인가? 아녀자 혼자 가마를 타고 소복을 차려 입었으니 부모의 상중에 있거나 아니면 과부로다. 만일 부모님 상 같으면 예사의 일이지만은 과부 같으면 그 여자의 신세가 청상과부일 터이니 그것 참 불쌍하지 아니한가?

만일 저 여인이 과부라면 저러한 마음으로 수절을 한다 해서 그 수절이 어찌 온전하겠는가? 차라리 개가를 하는 것이 떳떳하겠지만 우리 조선에 전래하는 풍속에 여인이 개가하는 것을 허락지 아니하니 오뉴월에 서리 내릴 정도로 원한 품는 딱한 여인들이 하나 둘이 아니겠지.

그러나 저 여인이 가는 곳은 어디일까? 앞서거니 뒤서거니 하며 두어 시간을 동행하였구나.

만일 저 여자 있는 곳이 이 길가에서 멀지 않으면 찾아 들어가 어떤 집 여자인지 한 번 알아보련마는 만일 그렇지 아니하면 일부러 따라가는 것이 온당치 못하다. 뿐만 아니라 남이 또한 나를 주목하여 보리로다.'

박 공자가 이러한 생각에 빠져 길을 지나오는 동안에 그 가마와 박 공자가 가는 길이 벌써 남북으로 갈려 있었다. 박 공자가 가던 길을 멈추고 그 가마가 가는 곳을 바라보니 큰 길 남쪽으로 큼지막한 동네 하나가 내려다 보였다.

박 공자가 보고 있으니 가마가 그 동네 북편에 있는 큰 기와집을 향해 들어갔다.

박 공자가 한참 동안 서서 보다가 옆에 있는 농부에게 물으니 그 동네 이름은 장항이라 하는데 소지명으로 부르기는 노루목이라 한다 하였다. 그리고 그 큰 기와집은 김 진사 댁이라 하였다.

이 말을 듣고 박 공자가 다시 생각하기를

'사대부가의 부녀로서 어찌 이같이 무례함이 심하였던 것일까? 날도 거의 저물고 갈 길이 머니 여기서 밤을 보내고 가야겠다. 저 집에 분명 객실 하나는 있을 것이다. 나그네가 하룻밤 유숙하기가 뭐 그렇게 어렵겠는가?'

하고 말머리를 돌이켜 그 집을 찾아 도착하였다.

그 집 대문을 두드리니 하인이 나왔다. 하인이 인도하는 대로 사랑채에 들어가니 주인장 김 진사는 오십 살이 멀지 않은 나이에 머리털 사이사이로 흰 머리가 보이는 양반이었다. 반갑게 손님을 대접하기는 하나 얼굴에 수심어린 빛을 감추지 못하고 있었다.

저녁밥을 먹은 후에 박 공자가 주인을 향하여 근심하는 연고를 두 번 세 번 여러 차례 물어보았다.

주인장은 박 공자의 간절히 묻는 말에 한숨 한 번을 쉬는데, 태산이 무너지는 것 같았다.

그러더니 서서히 이야기를 시작했다.

"나이가 거의 오십 다 되어 다만 아들 하나를 의지하고 지냈소이다. 그랬는데 작년에 혼인한 지 삼 개월 만에 아들이 없어지고 말았습니다. 자식이 부모보다 먼저 죽은 꼴이니 그것만으로도 처참한 일인데, 죽어도 보통 사람들처럼 죽은 것도 아닙니다. 제 아들은 밤중에 자다가 간곳없이 사라져버렸습니다. 흔적 없이 사라졌으니 사람들은 분명히 사나운 호랑이에게 환을 당한 것이라 생각했습니다. 하지만 저는 그렇게 믿지 않고 계속 아들을 찾아보았습니다. 그렇지만 백방으로 온 사방을 뒤져 아들을 찾았으나 그 그림자도 볼 수가 없었습니다. 아무리 생각해 보아도 평소에 효성이 특별한 자식이었는데, 죽지 않았다면 어찌 종적도 없겠습니까? 이제는 분명히 사정없는 호랑이에게 밥이 되었으리라 생각이 듭니다. 그러니 아버지 된 입장에서 어찌 마음이 슬프지 않겠습니까?"

이런 이야기를 하는데 두 눈에서 눈물이 비 오듯 하였다.

박 공자는 이 말을 들을 때에 모골이 송연하여 스스로 생각하되

'근래에 호랑이한테 잡혀가 사람 목숨을 상하는 일이 종종 있다 하는데, 아무리 그 일이 비일비재(非一非再)하다 하지만 어찌 이같이 소리 소문도 없이 흔적도 없이 사라져 나타나지 않는단 말인가? 이제야 추측하여 보니 오늘 보았던 여자는 분명히 그 죽은 사람의 아내로다. 참혹하게 죽은 사람은 말할 것 없거니와 살아있다 하여도 청상과부가 된 신세가 얼마나 불쌍한가? 주인장의 후일도 참으로 막막하도다.'

박 공자에게 이와 같은 생각들이 심중에 얽히고설키어 불쑥불쑥 떠올랐다.

보통의 평범한 사람이 이런 말을 들었다면 다만 가엾

다고 할 뿐이겠지만 박 공자로 말할 것 같으면 세심한 마음이 있어 무슨 일을 당하면 끝까지 연구하여 밝히고자 하였다. 또한 박 공자는 총명한 재주가 있어 범상한 사람들보다 뛰어나 무엇을 보는 것도 심상치 않고 듣는 것도 주의가 깊어 모든 일을 두뇌 가운데 한 번 새겨 단련시켜 보는 성질이 있었다. 그래서 박 공자는 처음부터 차근차근 되새기며 따져보았다.

'배나무 정자에서 그 여인을 보았을 때, 그 여인의 무례함으로 인해 아주 큰 의혹이 생겼었다. 그리고 가마를 따라와 김 진사 집에 와서 하룻밤 묵게 되었고, 주인의 아들이 아무 흔적도 없이 호랑이에게 잡혀가 온데간데없이 사라졌다 말을 들었다. 그런데 그 이야기가 이치에 올바르지 않고 이유가 설명되지 않아 내 마음에 시원스레 받아들여지지가 않는구나.'

하며 이리저리 생각하느라고 밤이 깊도록 이리 뒤척, 저리 뒤척 하며 잠을 이루지 못하였다. 그러나 주인장은 잠깐 동안 수심을 잊어버렸는지 외로운 베개를 의지하여 쇠잔한 꿈을 꾸고 있었다.

새벽 두 시가 될락 말락 할 즈음 박 공자는 마음에 답답한 생각도 들고 화장실을 가고 싶은 생각도 생겼다. 자신이 나가다가 혹시 주인장이 겨우 든 잠을 깨울까 염려하여 가만히 일어나 조심스레 방문을 열고 화장실을 찾아 가앉았다. 화장실에 있노라니 달은 비록 없을지라도 심히 맑고 밝은 밤중이었다.

그런데 화장실에서 마주 보이는 담장 밑으로 사람 다가오는 소리가 저벅저벅 나더니 조금 지나 발자국 소리가 뚝 끊어지는 것이었다. 박 공자는 이상한 생각이 들어 여러가지로 짐작해 보았다.

'지금 이렇게 밤이 깊었는데 무슨 사람이 지나가는 걸까? 설혹 볼 일이 있는 사람이 있어 지나간다 하더라도 급히 가지 않고 우뚝 서는 것은 또 무슨 일인가?'

이런 생각에 숨도 크게 쉬지 않고 가만히 앉아 바깥 동정을 살피고 있었다.

그 집으로 말하면 동네에서 제일 북쪽으로 있는 집이었고, 후원 담장으로 말하면 바로 길가가 아니라 사람들이 통행하는 길가에서 사오 간쯤 되는 채소밭이 있고 토담으로 쌓아 놓은 담장이 과히 높지 않게 있었던 터라 누군가 지나간다면 볼 수 있었다. 그러나 때가 어두운 밤인지라 그곳에 서 있는 사람이 남자인지 여자인지, 어른인지 아이인지 자세히는 보이지 않았다. 그런데 문득 담장 위로 누군가가 넘어가는 것은 뚜렷이 보이는 것이었다.

박 공자는 급히 일어나 그곳으로 가서 가만히 고개를 내밀고 담장 안을 굽어보았다. 그런데 박 공자가 그러고 있는 동안에 벌써 후원 별당의 문이 열렸다가 다시 닫히는 것이 보였다.

박 공자가 눈이 둥그레지며

'아! 저것 보아라! 반드시 무슨 곡절이 있구나. 있어도 단단히 있는 모양이로구나.'

하며 이렇게 속으로만 생각하고 자취 없이 그 담장을 넘어 후원으로 들어갔다.

후원에 들어가 보니 전체적으로 넓었고, 별당 앞에 연못이 있었다. 그런데 별당에 비춰던 불빛이 순식간에 없어지고 멀리 보이는 별 크기만 한 작은 불빛이 영창 가운데 비춰고 있었다.

박 공자가 몸을 날려 가만히 영창 앞에 나아가 불이 비춰는 곳을 소리 없이 뚫고 들여다보았다. 그 안에는 한 길이 넘은 병풍으로 문을 막아 놓았는데 병풍이 조금 뚫어진 곳으로 불빛이 광채를 토하여 박 공자를 인도하고 있었다.

박 공자가 숨을 죽이고 방안을 들여다보니 나이는 십칠팔 세쯤 되어 보이는 잘 단장한 젊은 남자가 여자와 함께 있었다. 그 둘이 서로 옥수를 붙들고 아주 작은 소리로 정담하는 거동은 남녀가 같이 진진한 재미를 보고 있는 듯 보였다.

박 공자는 그 여자의 음란한 행위와 총각의 부정한 행실을 보고 분한 마음이 폭발하듯 일어났다. 그 길로 바로 김 진사에게 고하고 단단히 중한 벌을 내리도록 하겠다고 생각하다가 다시 연구해 보았다.

'저 연놈의 비밀한 관계가 김 진사의 아들이 죽은 뒤에 시작되었는가? 아니면 죽기 전에 이미 이러한 일이 있었던가? 만일 죽은 후로 비밀스럽게 통간한 것이라면 연놈의 누추한 행위만 가증스럽다. 그러나 죽기 전에 이러한 일이 있었다면 저 연놈이 같이 일을 꾸며 김 진사 아들을 참혹히 죽였을지도 모를 일이다. 김 진사 아들의 죽음과 이 연놈의 일을 어떻게 알겠는가? 내가 며칠 간 이곳에 유하면서라도 기어이 조사하고야 말리라.'
하고 그놈의 얼굴을 유심히 보고 속으로 생각하였다.

'저 놈의 얼굴과 수족을 보니 노동자도 아니고, 의복이 화려한 것을 보니 구차한 사람도 아닌 것 같다. 내가 저 놈의 얼굴을 저만큼 떨어져서 보기는 했으나 어디 가서 만나든지 다시 얼굴을 본다면 어찌 몰라보겠는가? 만일 내가 여기 이러고 오래 있다가 혹시 주인장이 나를 보게 되면 의심을 받을 것이니, 오늘은 돌아가고 내일 저놈을 한번 찾아보아야겠다.'

하고 자취 없이 담장을 넘어 사랑채로 들어오니 주인장은 아직 잠에서 깨지 않고 여전히 자고 있었다.

박 공자는 밤새 잠들지 못하고 뒤척거리다가 날이 밝아 오자 거짓으로 몸이 아프다고 핑계를 대고 하루를 더 쉬어 가고 싶다고 주인에게 청하였다. 주인은 그렇게 하도록 흔연히 허락하였다.

박 공자는 아침밥을 먹고 나서 자신이 밤새도록 생각한 바를 실행에 옮겼다.

박 공자는 우선 그 동네에서 글공부하는 서당을 찾아 들어가 보았다.

서당을 들어가니 간밤에 김 진사 집 후원 별당 안에 있던 총각이 과연 서당에서 글을 읽고 있었다.

박 공자는 과거 보러 가는 길에 글 읽는 소리에 이끌려 들어왔다고 둘러 대고서는 혹은 인사도 하고 혹은 문자도 의논하다가 그 총각의 거주성명을 탐지하여 보았다. 그 총각의 성은 최요, 이름은 철문이며 고향은 충주 용두리인데 작년 오월부터 그곳에 와서 공부한다는 말을 들었다.

박 공자는 김 진사 집에 돌아와 이 말 저 말을 주고받다가 진사를 위로하는 듯 다시 물음을 던졌다.

"작년 어느 달에 혼인을 거행하였사오며 자제분은 어느 달에 호환을 당하였나이까?"

김 진사는 박 공자가 묻는 말을 의심도 하지 않고 있었던 일을 모두 다 세세히 이야기하였다.

"작년 삼월 십사 일에 충주 용두리 정 사과 댁 따님과 혼인이 순조롭게 잘 성사되었습니다. 혼례식을 마친 뒤 그 길로 바로 신랑 신부가 저희 집으로 들어와서 살았습니다. 그러다가 작년 유월 십팔 일에 흉악하고도 참혹한 일을 당하였습니다."

김 진사의 말을 듣고 박 공자가 속으로 헤아려 보았다.

'저 연놈의 비밀스러운 관계는 혼인 전부터 있었던 것이 분명하고 김 진사의 아들은 최철문의 소행으로 죽은 것이 분명하도다. 세상에 이렇게 무도한 연놈도 있구나. 어찌하면 그와 같이 악한 행실을 저질렀는가? 천지 일월이 훤히 비치고 명명하신 신령이 살피고 있는데 어찌 살기를 바라는가? 배나무 정자에서부터 그년의 행실을 대강 짐작하였지마는 그와 같이 악독한 계집은 처음 보겠구나. 오늘 밤에는 이곳에서 자며 지켜보고 있다가 그 놈이 별당 여인의 방에 들어가면 뒤쫓아 들어가 먼저 최철문의 목을 베고 다음으로 계집의 배를 찔러 김 진사 아들의 불쌍한 원혼을 위로하고 김 진사의 원수를 갚아 주어야겠다. 그러나 그 놈을 대번에 죽이게 되면 김 진사 아들의 신체를 찾지 못할 것이니 산 채로 잡아 재미있게 문초를 받아 보리라. 그러나 이러한 사정을 만일 김 진사가 미리 알게 되면 밤 되기를 기다릴 것도 없이 이 길로 바로 서당에 들어가 최철문의 악독한 목숨을 한 칼에 베어 버릴 것이다. 그러니 김 진사에게 미리 알리지는 말아야겠다. 내가 당장 후원 별당에 들어가 악녀를 죽이고 싶지만 그렇게 하면 그 여자가 어떻게 해서 김 진사 아들을 없앴는지 알 수가 없을 것이다. 그 악녀가 김 진사의 아들을 유인하여 다른 곳으로 가서 해하였는가? 아니면 이 집 후원 별당에서 김 진사 아들이 자고 있을 때, 자는 사람을 죽여 깊은 연못 가운데 던져 버린 것인가? 대관절 저 놈이 죽음에 이르게 되어도 자복하지 아니하고 시체를 내어놓지 아니하면 그것도 딱한 일이로다. 그렇지만 나는 저들 연놈이 김 진사의 아들을 어떻게 한 것이 분명하다는 확신이 든다. 그 놈이 충주 용두리에서 저 계집과 같이 자라난 작자라는 것도 그렇고, 혼인을 하여 계집이 이곳으로 왔을 때 마침 그 시기에 저 놈

이 유학을 빙자하여 이곳을 와 있는 것이 그렇다. 이런 것
도 수상한데 더구나 밤이 되면 월장하여 계집과 누추한 행
위를 기탄없이 행하는 보면 의심할 여지없이 분명하다.'
하고 해가 지기를 기다리다가 문득 생각이 났다.

　　'죄 지은 자는 용서하지 아니하고 반드시 법률로 다스
리는 법이다. 사사로이 인명을 살해하는 것이 또한 법률에
저촉되는 것인즉 이제 바로 김 진사에게 말하고 비밀히 관
청에 고하여 조처하는 것이 마땅하다. 그러고 보면 하루
이틀에 결단이 나지 아니할 것이니 어떻게 해야 할까? 과
것날은 박두하였는데 이 일의 끝을 보지 못하고 떠나기도
아니 될 일이지만, 이 끝을 보려고 과거를 보지 못하게 되
면 그 또한 나의 목적이 아니다. 이 일을 어찌하면 좋은가?
아니다. 내가 지금 바로 경성으로 행하여 과거를 본 후에
만일 과거에 급제하면 이 일의 사연을 조정에 고하여 마땅
한 법으로 조처할 것이고, 과거 급제를 못하고 허행이 되
면 돌아가는 길에 이곳에 다시 와서 김 진사와 의논하여
조처하리라. 나로 말하자면 김 진사와 아무 관계가 없는
터이지만 이 세상에서 제일 가증한 것은 악한 마음을 마음
속에 감추어 두고 외면으로 거짓 선한 체하는 것이다. 그
리고 제일 격분할 것은 비밀스럽게 죄를 짓고 법률을 속이

고 이목을 현혹하여 이리저리 피하는 것이다. 제일 원통한 것은 참혹한 재앙을 당하고 신원치 못하는 것이다. 제일 쾌락한 것은 이와 같이 비밀한 대사를 의견으로 정탐을 잘 하여 최철문 같은 악인과 정씨 여인 같은 악녀를 죽여 김 진사의 아들을 해친 원수를 갚아 주는 것이다. 그것이 이 세상에서 제일 큰 쾌락이라 할 것이다. 이와 같은 악인과 이와 같은 악녀와 이와 같은 원악한 일이 이 세상에 어찌 하나 둘뿐이겠는가? 나도 다행히 과거를 보아 급제하게 되 면 다른 아무 벼슬도 원하지 아니하고 민간 선악을 정탐하 는 어사나 되었으면 한다. 그러면 방방곡곡을 돌아다니며 악독한 사람을 엄중히 다스리고 자선하는 사람을 상주고 장려하며 민간의 질고와 지극한 원통함을 역력히 신원하 여 줄 것이로다.'

이와 같은 생각을 하며 오랫동안 고민하다가 주인에 게 하직하고 즉시 출발하였다.

다음날 석양에 광주 경안 역촌을 막 지나가는데 서울 방향으로 말 한 필과 지팡이를 재촉하여 총총히 내려오는 사람이 하나 있었다. 그는 나이가 십칠팔 세 되어 보이는 청년 남자였다.

박 공자가 정자 아래에서 잠깐 쉬는데 그 청년도 또한

발길을 머무르고 박 공자의 곁으로 오며 먼저 말을 걸며 물었다.

"공자는 어디를 그리 총급히 가시는 겁니까?"

박 공자가 겸손한 말로 대답했다.

"저는 지방에 사는 서생으로 과거 기별을 듣고 경성으로 가는 길이올시다."

그 청년이 박 공자의 말을 듣고서는 애석한 빛을 띠우고 말했다.

"공자의 그 길이 매우 애석합니다. 저도 역시 과거를 보려고 경성에 갔더니 그저께에 이미 과거를 실행하였다 합니다. 과거에서 장원한 사람의 성명은 기억하지 못하나 장원의 글을 자세히 생각해 보면 기억할 만한 뜻이 있습니다."

박 공자가 이 말을 들으니 심히 낙심이 되나 어찌할 수가 없어 장원이 지은 글을 기억할 수 있으면 한 번 들려주기를 간청했다.

그 청년은 고개를 기울이고 한참 동안이나 생각하다가 머리를 끄덕이며

"옳지, 옳지! 이제야 겨우 생각이 난다. 금년 글제는 시부의 글제가 아니고 운자를 내어 율시를 짓게 하였소. 글제는 '낙조'라 하였고 운자는 '뫼 산(山)', '사이 간(間)', '한가할 한(閒)', '머리 굽을 환(鬟)', '돌아올 환(還)'이었는데 그 글은 이러했습니다.

낙조토홍괘벽산(落照吐紅掛碧山)하니
　　　　낙조가 붉은 것을 토하고 푸른 산에 걸렸으니

한아척진백운간(寒鴉尺盡白雲間)이로다.
　　　　차가운 까마귀가 흰 구름 사이에서 사라지는구나.

문진행객편응급(問津行客鞭應急)이오.
　　　　나루터를 묻는 행객은 채찍이 굽하고

심사귀승장불흔(尋寺歸僧杖不閒)이라.
　　　　절을 찾아 돌아가는 중은 지팡이가 한가하지 못
하도다.

방목원중우대영(放牧院中牛帶影)이오.
　　　　동산 가운데 풀어 놓은 소의 그림자는 길게 늘

어쪘는데

망부대상첩저환(望夫臺上妾底鬟)이라.
　　　누대에서 남편을 기다리는 아내의 쪽진 머리는 나직하도다.

창연고목계남리(蒼煙枯木溪南里)에
　　　푸른 연기에 싸인 고목 계수의 남쪽 마을에
　　　…….

이렇게 읊던 청년이 갑자기

"아차, 아차! 제일 끝에 한 구절을 잊어버렸도다. 운자는 분명히 '돌아올 환' 자인데 이런 정신이 어디 있나! 엊그저께 본 것을 이같이 잊어버렸을까? 입안에서 빙빙 돌면서 생각이 나질 않네."

하는 것이었다.

박 공자는 민망하여

"그만 두십시오. 이미 잊은 일을 애를 쓰고 생각한들 무엇 하겠습니까? 그러나 이곳에서 서울이 지척이니 과거 시험은 지나갔을지라도 서울 구경은 한 번 해 봐야겠소이다."

하고 청년과 작별하였다. 가던 길을 계속 가며 나귀를 재촉하여 경성에 도착하였다.

자신이 머물 집을 정하고 주인에게 과거 소식을 물으니 이미 과것날이 지났다는 말은 헛말이고 내일 모레에 특별 과거를 시행한다 하였다. 이 말을 듣고 박 공자 생각에

'세상에 그렇게 허황한 청년이 어디 있을까? 훤한 대낮에 왜 그런 거짓말을 꾸며 남을 그렇게 속였는가? 그러나 그 청년이 외우던 글은 실상 명작이었는데! 어쩌면 그렇게 천연덕스럽게 남을 속였을까?'

이런 생각을 하는 동안에 벌써 과거일이 당도하였다.

장중에 들어가니 팔도에서 선비들이 구름 모이듯 하여 얼마나 많이 모였는지 팔이 서로 걸릴 정도였다.

현제판을 바라보니 시부 글제가 아니고, 율시 운자를 내었는데 글제를 '낙조'라 하였다.

장중에 가득 모인 사람들은 모두 자신이 쓸 글을 생각할 뿐이지, 다른 생각은 할 겨를이 없었다. 그렇지만 박 공자는 눈이 둥그레지며

"저게 웬일인가! 글제와 운자가 모두 경안역 말 뒤에서 청년이 일러 주던 바와 추호도 다름이 없으니 이것이 심상치 아니한 일이다. 천신이 나를 위하여 미리 가르쳐

준 것인가?"

하고 다시 생각할 여지도 없이 청년이 읊었던 그대로 일필 휘지하여 올렸다.

다만 청년이 잊어버렸다는 맨 끝의 한 구절만 새로 지었는데

단발초동(短髮樵童)이 농적환(弄笛還)이라.
머리 짧은 초동이 피리를 불며 돌아오는구나.

하였다.

상시관이 이 글을 보시고

"구절구절마다 붉은 동그라미 칠만큼 훌륭하고, 글자 글자마다 붉은 점 찍을 만큼 잘 쓴 글이구나."

하며 박 공자의 글을 장원급제할 글로 전하게 주달하니 중 시관이 옆에서 보다가 그 글을 평하여 한마디 하였다.

"이 글 전체를 자세히 읽어보니 낙조의 현상을 아주 잘 그려 내었으나 진취의 여망이 없이 모두 비창한 거동이라. 분명히 사람이 쓴 글이 아니라 신이 쓴 글인 듯하오니 장원급제 주는 것이 부당할까 하나이다."

이 말에 상시관이 웃는 얼굴로 대답하는 말이

"신출귀몰하도다! 나도 역시 처음에 이 글을 볼 때에는 그런 생각을 하였으나 제일 끝 마지막 구절을 보면 표현하기를 '단발초동이 농적환이라.' 하였으니 그 글에 희망 진취가 장원함이 한량없습니다. 끝 구절 하나는 분명한 사람의 작품이라고 보아 장원급제를 지정하였습니다."

좌중이 모두 상시관의 사람 보는 식견이 높고 사물의 이치가 밝음에 탄복하였다. 중시관도 그제야 자세히 살펴보더니 과연 항복하였다.

임금께서 답안지 제출자의 인적 사항을 열어 보시니 충청도 청풍 도화동에 사는 박성수요, 그 부친은 춘달이라 되어 있었다.

장원급제자 박성수의 글을 휘장으로 걸어두고 박성수를 부르는 소리가 장중에 진동하니 박 공자가 급히 들어가 임금님 앞에 엎드렸다.

전하께서 칭찬하시며 박 공자에게 한림학사를 제수하시고 어주 삼배와 어전풍류를 베풀어 주시니 한림학사가 된 박 공자가 임금님께 사은숙배하고 어전풍류를 앞세우고 장안대도 상에 나왔다. 박 공자 머리에는 어사화요, 몸에는 청포옥대를 하였구나! 청개 홍개에 금장식 안장에 백마를 높이 타고 가는데, 쌍쌍의 화동이 전후로 옹위하여 가고, 맑은 풍류는 원근에 진동하니, 보는 이들은 모두 누구나 칭찬하지 않을 수가 없었다.

박 공자가 삼일유가 후에 종으로 하여금 본가에 편지하도록 하였다. 그리고 한림원에 돌아와 김 진사 아들의 원통한 일과 자기가 과거 시험을 보아 급제한 일을 생각하니 어찌 기이하지 아니하겠는가? 박 공자가 자신이 급제하기까지 온 길을 생각해 보았다.

'분명 김 진사 아들의 죽은 혼백이 자기 원수를 갚고자 하는 마음을 기특히 생각하여 나를 인도한 것이구나. 그런데 그때 과거 시험 보러 오는 길에 정자에서 만난 청년의 성명이나 물어 보았으면 좋았으련만 그렇게 하지 못했구나. 그때 다만 사는 곳을 물어 보았을 때 수중방골에 산다고 한 말은 지금도 생각이 나는구나. 수중방은 어디일까? 그것이 결국 그 사람의 시체가 묻혀 있는 곳을 가리킨 것이었을 텐데 내가 깨닫지 못해 그 청년을 대수롭지 않게 예사로 보았구나. 그런데 수중방골을 어디 가서 찾나? 옳지! 옳지! 그 집 후원에 연못이 있는 것을 내가 보았었지. 물 수(水) 자 가운데 중(中) 자 '수중방'이니 분명히 시체는 그 연못 속에 있는 것이겠구나. 그러나 내가 이곳에 오래 있느라 김 진사 아들의 원수를 갚아 주지 못하면 나의 의무를 저버리는 것이로다. 예전에는 공분하는 마음에서 원수를 갚아 주고자 한 것이었으나 지금은 정정당당하게 내가 담당해야 할 의무이다.'

하고 임금님께 상소를 올렸다.

민간의 질고와 백성 마음의 선악을 살펴 말씀을 올리면서, 김 진사 집 전후 사정과 자신이 과거 시험 보러 올 때에 만난 청년에게 걸었던 말까지 빠뜨림 없이 상소에 포함하여 작성하였다. 그리고 임금님께 자기로 하여금 어사의 책임을 한 번 허락하여 주시면 정탐으로 종사하여 이러한 극악하고 지극히 참혹한 일들을 있는 대로 모두 낱낱이 조사하여 사실을 알아내고자 하는 것이 자기의 본뜻이라는 것을 밝혀 올렸다.

전하께서 박 공자가 올린 상소를 보시고 기특히 생각하시고 한림학사 박 공자를 삼남 암행어사로 제수하였다. 그리고 전하께서 봉서 하나를 내어 주시며 궐문 밖에 가서 떼어 보라고 하셨다. 박 어사는 사은하며 하직 숙배하고 즉시 물러 나와 임금님께서 주신 봉서를 떼어보니

먼저 충주 최철문을 잡아 그 사생을 임의로 처결하라.

하셨더라. 임금님의 봉서를 보고 박 어사는 평생의 소원을 이룬 것 같아 어찌할 줄 몰라 하며 기뻐했다. 박 어사는 즉시 서리 역졸을 단속하여 비밀히 약속하고 어사는 평상복을 입고 바로 길을 떠났다.

박 어사가 이천 노루목 김 진사 집을 도착하여 보니 김 진사는 지금도 여전히 얼굴에 수심하는 빛이 가득했다.

그리고 집안에서부터 은은히 곡성이 들리는데, 젊은 여인의 울음 소리였다.

어사는 김 진사를 만나 곡성이 들리는 연고를 물으니 그날이 마침 자식이 죽은 지 1년이 되어 지내는 제삿날이라 했다. 곡하며 우는 것은 진사 부인과 진사의 자부라 하며 비창한 얼굴을 억지로 움직여 어사의 손을 잡고 다정하게 손님을 맞이했다.

어사가 즉시 몸을 일으켜 서당으로 행하여 최철문의 종적을 살펴보니 여전히 그곳에 있었다. 어사가 비밀히 역졸에게 눈치를 주어 원근 백성과 저 건너 보이는 서당에서 공부하는 학생들과 남자 어른, 아이 모두 김 진사 집 안마당으로 한데 모이도록 시켰다. 그러면서 최철문이 이러이러하니 주목하여 보도록 하면서 그에게 표내지 않게 하라고 단속하였다.

어사가 즉시 돌아와 역졸 십여 인과 함께 김 진사 집 안마당으로 돌입하였다.

여러 사람들은 황겁하여 무슨 일인지 알지 못하고 분주하게 움직였고, 김 진사는 눈이 휘둥그레지며 어사의 손을 잡고 무례함을 질책하며 물러가기를 간청하였다. 어사는 미미하게 웃으며

"내가 무슨 일을 행하든지 놀라지도 말고, 의심도 하지 말고, 나 하는 대로 맡겨 두시오. 내가 진사를 위하여 행할 일이 있노라."

하고 자기가 암행어사임을 나타내는 표적을 보여주었다.

김 진사는 그제야 지난번에 자기 집에 손님으로 왔던 사람이 암행어사가 되어 온 줄을 깨달았다. 그러니 감히 만류하지는 못하였으나 무슨 일인지 알지 못하고 너무나 당황하여 갈팡질팡할 뿐이었다.

어사는 역졸에게 명하여

"우선 별당에 있는 소복한 계집을 잡아오라!"

라고 했다. 한번 호령이 떨어지니 어느 사이에 벌써 별당의 여인을 뜰아래에 꿇려 놓았다.

어사는 진사와 함께 대 위에 앉아

"주인장은 놀라지 말고 앞으로 밝혀질 결과를 보십시오. 내정에서 이렇듯 요란하게 하는 것은 실례인 듯하나 이 일에 대하여는 부득이한 사정이 있고 또한 공식적인 일이므로 허물치 마소서."

하고 좌우 전후를 바라보니 어사의 명령인지라 어느 사이에 원근 백성이 모두 모여 인산인해를 이루었다.

여러 사람 가운데에서도 어사가 이미 최철문을 주목하였는데 최철문의 좌우에는 구경꾼처럼 역졸들이 늘어서 있었다. 그래서인지 최철문의 거동에 심히 두려운 빛이 보였다. 최철문은 그러면서도 감히 도망하지 못하고 '설마 내 죄를 누가 알리오?' 하는 모양으로 있는 듯했다.

좌중에 모여 있는 사람들도 모두

'무슨 일로 사대부 집 내정에 어사가 출도를 하고, 사대부 집 며느리를 저다지 문초하는가?'

하는 생각으로 궁금해 하였지만 그 중에 김 진사도 연고를 몰라 하고 있었다.

모두들 황망한 거동으로 하나같이 어사의 입만 쳐다보

며 무슨 분부가 나오는지 고대하는 모습을 보이고 있었다.

어사는 추상같이 엄한 목소리로

"네 이년! 사대부가의 며느리로 살면서 감히 외간 남자와 통간하고 남편을 암살하였으니 살기를 바랄쏘냐?" 하고 호령하였다. 계집은 이 말을 듣고 하늘에서 벼락이 내린 것 같았다. 정신은 모두 반공중에 흩어지고, 전신은 움직일 수도 없고, 입을 봉한 것 같이 하여 푹 엎드러지며 아무 말도 변명치 못하고 있었다.

김 진사는 이 광경을 보고 어사 앞으로 바싹 다가앉으며

"이것이 어찌 된 일이옵니까? 우리 아들이 암살을 당하였단 말씀이 참말이옵니까?"
하며 여광여취하였다.

어사는 김 진사에게

"아직 망동치 말라."
하고 다시 호령하되

"이 가운데 여러 사람들 모두 김 진사의 아들이 호랑이에게 변을 당한 줄로 생각하였지만 이 여러 사람 가운데 김 진사의 아들을 살해한 자가 지금도 내 눈 앞에 거만하게 서 있으니 참 대담한 악인이로구나."
하고 역졸을 명하여

"최철문을 잡아내라!"

하니 그 소리가 극히 엄숙하였다.

역졸은 때마침 등대하였다가 순식간에 철문을 잡아 계집 옆에 꿇려 놓았다.

어사가 호령하기를

"사람이 죄를 지으면 하늘이 듣기를 우뢰 같이 하시고, 귀신이 보기를 번개 같이 하신다. 너는 용납하지 못할 대죄를 짓고 네 욕심을 채우고자 하였으니 하늘이 어찌 너를 살려 두시며 법률이 어찌 너를 용서하겠느냐? 불쌍한 김 진사의 아들이 수중에서 항상 원망하여 하소연하는 소리가 구천에 사무쳤으니 속이고자 한들 어찌 그것이 그리 오래 갈 수 있겠는가? 네가 저지른 죄를 사실 그대로 바로 고하라!"

최가가 이 말을 듣고 생각하기를

'이 어사는 신인이라. 전후 사실을 명명히 하지 않고 기망하여 말하는 것이 무익할 것이다.'

하고 자기가 범죄한 사실을 직고하고 김 진사 아들의 신체를 연못 속에 감춘 말까지 자백하였다.

구경하는 백성들도 모두 모골이 송연하여 혀를 휘휘 내두르며 어사의 뛰어난 신명에 감복하였다. 김 진사 내외는 이 말을 듣고 분기를 참지 못하여 연놈을 한 칼에 죽여 아들의 원수를 갚고자 달려드는 것을 어사가 나서서 말렸다.

　　"죄가 있은즉 법률이 능히 사람을 죽이나니 아직은 참으라."

하고 최철문으로 하여금 연못 가운데 있는 신체를 수색하게 하도록 하여 마침내 찾아내었다.

　　불쌍한 김 진사 아들의 신체가 비로소 물 밖에 나오는데 어사를 보고 하례하는 듯, 부모를 향하여 통곡하는 듯, 원수를 대하여는 원망하는 듯, 자기 아내였었던 정씨 여인을 질타하는 듯이 보였다. 그리고 여러 구경꾼을 향해서는

　　"나는 이 같이 불쌍하게 죽었는데 무죄한 호랑이에게 죄를 덮어 씌웠으니 어찌 원통치 아니하겠는가?"

하는 것처럼 보였다.

　　어사가 죽은 시체를 검시해 보니 김 진사의 아들은 가늘고 단단한 노끈으로 목이 매여 죽임을 당한 것이었다.

　　김 진사 내외가 죽은 아들의 신체를 붙들고 실성통곡하는 모양은 보는 사람의 마음을 비창하게 하여 눈물을 흘리지 않는 사람이 없었다.

어사는 연놈을 결박하여 본관으로 보내고 각처에 전령하여 백성을 모아서 김 진사 집에 있었던 사실을 발표하였다. 그리고 죄인 두 사람을 처참한 후 이 일의 연유를 나라에 상소하였다.

어사는 마음이 쾌락하여 처음에 정탐하게 되었던 내력을 김 진사에게 이르고 만단으로 위로하였다.

선인과 악인을 막론하고 죽는 것을 보면 의례히 불쌍함을 느끼는 것이 인지상정이지만 최가와 정씨 여인의 죄악은 극도에 달하였으므로 불쌍하다고 생각하는 사람은 하나도 없었다.

다들 모두 상쾌한 마음으로 어사를 칭송하고 김 진사 내외도 백배사례하였다.

어사는 김 진사 내외와 작별하고 나와서 서리와 역졸들을 따로 나누어 길을 떠나게 하였다. 그런 후에 몸에는 해어진 의복을 걸치고 머리에는 다 떨어진 관망을 쓰고, 짚신에 발감개를 서투르게 차리고서는 죽장을 손에 들고 한 걸음 한 걸음 찬찬히 돌아다니기 시작했다. 그러다가 간혹 여관도 찾아 들어가고 간혹 시골 마을의 사랑방도 찾아 들어갔다. 그리고 관리들과 백성들의 선악과 민간의 질고를 역력히 알아내고 조사하여 귀신도 능히 측량치 못하는 일을 해내니 박 어사를 칭찬하지 않는 이가 없었다.

박 어사는 칠 개월 만에 충청도 행정을 마쳤다. 다음으로는 경상도로 가고자 하여 문경새재로 통하는 대로로 들어갔다. 충추 수회장을 지나고 안보동을 막 내려가니 어떤 중 하나가 조령 고개를 지나 내려가는 것이 눈에 띄었다.

어사가 살펴보니, 나이가 대략 삼십이 될 듯 말 듯 해 보이고, 의복은 정결치 않았다. 이래저래 여러 면에서 보건대 그 중은 절간에서 방금 나온 것이 아니라, 여러 달 여러 해를 객지에서 고생을 많이 하여 고달픔이 자심한 듯 했다.

어사는 짐짓 어리석은 듯 미련한 듯 아무 경위를 모르는 것 같이 중을 부르는데, 중이라 하는 것이 존칭으로 부르자 하면 '대사'라 하고 한층 더 존칭이면 '존사'라 하고, 또한 존경하자 하면 '화상'이라 하는 것을 어사가 모르는 것이 아니로되 특별 존칭과는 종류가 다르게 부르는 것이었다.

"여보시요, 중님! 어디로 가십니까?"
하니 저 중이 돌아보고서는

'의관범절과 행동거지로 보니 갈데없는 나그네요, 부르는 말솜씨를 생각하니 어리석은 천치로다.'
라고 생각하였다. 그 중이 대답하는 말에 겸손한 태도는 하나도 없고 매우 완만하게 반말 비슷하게 하였다.

"나는 합천 해인사를 가지마는 댁은 어디로 가는 길이여?"

어사는 아무쪼록 의심이 없도록 꾸며 대느라고 거짓말로 둘러대었다.

"예. 나는 이천 백암 장터에 살았습니다. 우리 형님이 집을 떠난 지 삼년이 되었는데 우연하게도 요즘 소식을 들으니까 경상도 진주 등지에서 장가들어 술장수를 한다기에 지금 찾아 가는 길입니다. 그런데 초행이라 길을 몰라 매우 답답해하고 있었는데 중님을 만나니 대단히 반갑습니다."

어사가 하는 말을 듣고 저 중은 어사를 도무지 아무것도 모르는 어리석은 사람으로 치부하고 한 번 꾸짖는다.

"중님이라니! 대사라 하는 것이 옳거니와 중님이라는 말은 처음 듣는 말이야. 아무리 무식한 사람인들 어찌 그렇게 부르나!"

어사는 깜짝 놀라는 체하며

"그러면 다시 부를 때는 대사라 할 터이니 염려 마시오."

했다. 어사의 말에 그 중은 껄껄 웃으며

"어허, 누가 염려하나? 무식하다는 말이지."

했다.

어사는 아무쪼록 저 중의 중심을 슬슬 뽑아 정탐에 될 무슨 재료나 얻어 볼까 하고 다정한 듯 친근한 듯 두어 시간을 묻고 답하며 이야기를 주고받았다. 그렇게 하다 보니 피차 허물이 없어지고 농지거리가 서로 나오게 되었다. 존경하던 말은 온데간데없고, 이놈, 저놈, 네 자식, 내 자식 하고 농담뿐이었다.

하루 이틀 삼사 일 동행하여 같이 자고, 같이 먹고, 같이 행하며, 이 말 저 말 간간히 물어보았으나 별로 정탐에 재료가 될 만한 구절이 없었다.

문경, 상주, 금산을 지나고, 성주 지경에 들어서니 또 한 날이 저물었다. 그래서 촌 주막을 찾아 들어가 밤을 지내는데 그날 밤에는 다른 행인이 하나도 없고 다만 중과 어사만 있었다.

단둘이 드러누워 이 말 저 말 하다가 문제 하나를 이끌어낸다.

"인간 세상에서 사람의 재미 중 음양지락이 제일이지. 그런데 어려서부터 중이 되었다면 음양지락을 모르고 지냈을 테니 어찌 세상 재미를 안다고 하겠나? 세상에서 사람 된 본의가 무엇이겠나? 나는 비록 연소해도 아내도 있고 자식도 있네. 그런 가운데 여러 색주가와 오입도 해 보았지. 헌데 중으로 말하자면 오입인들 마음 놓고 해 볼 수가 있나! 중은 어디를 가나 중이라는 것이 뚜렷이 드러나니 말이지."

저 중은 어사의 물음에 대답이 없이 빙글빙글 웃기만 한다.

어사는 저 중의 비위를 슬슬 맞추어 가면서, 눈치도 슬슬 보아가면서 연이어 말을 끌어내었다.

어사가 속으로

'아무리 중이라도 삼십이 되도록 계집 상관이 없을 리는 만무한 일이고, 상관된 계집이 있더라 하더라도 버젓이 드러내어 놓고 어엿이 상관은 못하였을 것이다. 분명 비밀히 통간이 될 것이니 중들이 오입하는 재주는 참으로 딴판이다. 그러니 그 이야기만 들어도 재미는 무궁하겠는걸!' 하며 말로 중을 구슬린다.

"오늘은 다른 행인이 없고 다만 우리 둘이 있으니, 무료하게 밤을 지낼 것이 아니라 그런 이야기나 하고 심심풀이나 하는 것이 좋지 않겠나? 오입은 몇 번이나 했는가? 또 오입하는 계책은 어떤 방법으로 하였는가? 자네가 먼저 이야기하면 나도 하지. 나 역시 남모르게 오입도 해 보았으니 서로 그 사이게 오입하며 지낸 이야기이나 하여 보자."

중놈의 마음은 벌써 어사의 말 주변에 빼앗겨 버렸다. 간이고 쓸개고 있는 대로 숨김없이 다 털어놓으니 어사의 귀가 번쩍 뜨일 만한 이야기가 나온다.

"말이 났으니 말이지. 오입을 진짜로 해 보지는 못하였으나 조금 했다 한다면 좀 재미있는 오입을 할 뻔한 적이 있지. 삼 년 전 일이네. 우리 절에서 칠팔십 리나 되는 합천 만대산 아래에 오가리라는 동네가 있는데 그 동네는 전부 홍 서방이 사는 동네였지. 그 동네에 동냥을 갔더니 동네 한가운데 그 중 가장 큰 기와집이 있었어. 그 기와집 대문 밖에서 동냥을 달라고 외쳤지. 그런데 동냥 좀 달라고 아무리 사정을 해도 그 집안에서 들리는 소리는 조용하고, 사람이 아무도 안 나와. 그래서 이제는 대문 안에 들어서며 동냥 달라고 했지. 그렇지만 아무리 사정을 하여도 천귀가 잠잠하고 만귀가 잠잠했어. 한동안 그러고 있었는데, 좀 있다가 안에서 방문소리가 '삐걱' 하고 나는 거야.

그러더니 어떤 새색시 하나가 나오더군. 새색시 얼굴은 달덩이 같은데 의복 차림을 보니 혼인하고 시집온 지가 얼마 되지 않은 것으로 보이더라고. 그때가 가을철이었는데, 원래 그 시기에는 중이 목화 동냥하는 풍속이 있어. 그래서인지 그 색시가 목화를 조금 가져와서 뜰아래에 내려놓고선 들어가더라고. 나는 뜰 안으로 들어가 색시가 놓아둔 목화를 주워 가지고 되돌아서 나오며 생각을 해 보니까 그 집에 남자가 있든지 노복이 있든지 하면 색시가 그렇게 나올 리가 만무한 거지. 내가 자꾸 동냥 달라고 소리소리 지르니까 어쩔 수 없어서 그 모양으로 동냥을 주고 들어가는 듯한 생각이 들어. 그러고 보니 어쨌거나 그 집에 다른 사람이 없는 것이 아니냐? 허허, 그래서 그때 같아서는 아무것도 두려운 것이 없고, 마음이 아주 환장할 지경이 되더라고. 그렇고말고. 그래서 그 길로 바로 뒤쫓아 들어가니, 아따! 그 년의 계집 독살은 처음 보았다. 소리소리 지르며 야단을 하니 만일 동네 사람이 알게 되면 내 모양은 어느 지경이 되겠나? 겁간할 수도 없고 나갈 수도 없어……."

중은 여기까지 말을 하다가 말이 점점 아둔해지며 어름어름하였다.

중의 말이 흐릿해지니 어사는 더욱 더욱

"그래서, 그래서?"

라는 소리를 연신 하며 묻는다.

중이 음성을 조용히 하며 이야기의 끝을 맺는다.

"가만히 생각해 보니 그 계집이 만일 저의 남편이나 부모에게 그런 말을 하면 내가 꼼짝없이 잡히겠더라고. 그날 내가 동냥 다닌 줄을 동네 사람들이 모두 알고 있을 테니 말이지. 그래서 하는 수 없어 그 길로 바로 도망쳤어. 그때부터 강원도 금강산으로부터 관동팔경까지 구경하고 이번에 서울로 다니다가 삼년 만에 내려오는데 그 일은 암만 하여도 잊히지 아니하더라."

어사는 껄껄 웃으며

"너 참 못난 자식이로다. 이미 그 집에 들어갔으니 잘하지 못한 짓이지. 근데 들어갔으면 아무리 발악을 한다 하기로 성사를 못하고 도망을 한단 말이냐? 그렇게 계집이 그만큼 소리를 지르는데 동네 사람이 모른 것이 천만다행이다."

저 중은 고개를 설레설레 흔들며

"말도 말아라. 소리를 지르는 대로 내버려 두었으면 몽네가 발칵 뒤집혔을 터이지만은 내가 달려들어 그 년의 입을 틀어 막았지."

어사는 거짓으로 재미있다고 칭찬하고 그와 방불할 말로 거짓 이야기를 지어내어 말했다.

이야기가 끝난 후 중놈은 잠이 곤히 들었으나 어사는 이리저리 연구하여 본다.

'저 놈의 말을 들어 보니, 저 놈은 필경 범죄를 저지른 놈이지. 만일 범죄를 한 일이 없으면 삼년이나 도망을 다닐 리가 만무한 일이라. 그러나 확실히 알지 못하는 일에 경솔히 망동할 수 없고 내가 내일은 저 놈과 작별하고 다른 길로 돌아가서 합천 오가리를 찾아 가서 자세히 조사하여 보리라. 만일 범죄한 사실이 없더라도 유부녀를 강간하고자 하였으니 마땅히 죽일 악인이로다. 그러나 저 무지한 놈이 제 욕심을 채우지 못한 혐의로 그 여자를 죽이지나 아니하였는지 모르겠네. 만일 그런 일이 있었다면 삼 년은 고사하고 삼십 년이라도 이 땅을 들어서지 아니할 것이다. 설령 들어선다 하여도 아무리 무관하다 할지라도 그런 이야기를 어찌 입 밖에 내리오. 아니 그도 그렇지 않다. 죄가 천지에 가득하매 하늘이 미워하사 제 마음으로 온 것이 아니고, 천지신명이 저 놈을 불러들인 것이다. 제 마음으로 토설한 것이 아니라 죄가 극도에 달하여 명을 재촉하느라고 이와 같이 누설한 것인가? 어쨌거나 저 놈은 지금 나를 아무 것도 모르는 바보천치로 생각하는 것이다. 이제 혼연히 작별을 하더라도 저 놈의 거주지와 성명까지 모두 알았으니 다시 잡는 것이 뭐그리 어렵겠는가?

라고 생각하고 다음날 서로 작별하였다.

어사는 중에게

"형님을 찾아 진주로 가겠소."

라고 말하고 서로 자신이 갈 길로 따로 가기 시작하였다.

어사는 그 길로 바로 오가리를 찾아가 마을 앞에 있는 주막 주인에게 말을 걸며 물었다.

"저기 보이는 큰 기와집은 어떤 사람의 집이며 그 집에 손님을 맞이하는 객실이 있는가?"

주막 노파가 코웃음을 홍홍하더니,

"그 집은 홍 진사의 집이오. 집안 형세도 유족하지요.

삼 년 전에 자식을 장가보내어 며느리를 데려 왔는데 인물이 여인들 중에서도 절세미인이라. 그런데 며느리가 시집온 지 세 달 만에, 홍 진사인지 하는 작자가 자부를 겁간하려 하다가 듣지 아니하니까 그 몹쓸 놈이 어여쁘고 얌전한 며느리를 칼로 찔러 죽였다지 않소. 그 일이 발각되어 홍 진사는 인륜을 어지럽힌 죄로 법에 회부되었다오.

재판관에게 붙잡혀 가서 무수히 많은 곤욕도 당하고 그 많던 재산도 다 탕진 되었소. 그 후로는 홍 진사가 다른 사람들과 교제하거나 통행하는 것을 아주 완전히 끊고 어떤 이야기도 하지 않으니, 근래에는 지나가던 양반 손님들도 모두 욕을 하고 돌아서고 누구 하나 찾아 가는 사람이 없는 모양이에요."

어사는 이 말을 듣고 속으로 몹시 놀라면서도 괴이하다고 생각했다.

'이것이 무슨 일인가? 저기가 해인사 중 혜광이에게 들었던 집이 분명한데 어떻게 된 것일까? 저런 변이 또 어디에 있겠는가? 그 여자는 혜광이가 죽인 것인데 홍 진사가 누명을 쓴 것인가? 홍 진사가 마음이 불량하여 진실로 범죄를 저지른 것인가? 사람이라면 어찌 그런 범죄를 저질렀겠는가? 충청도에서는 김 진사의 아들 사건이 제일 큰일이었는데 경상도에서는 이보다 더 큰일은 없는 모양이로다. 이 일을 아무쪼록 조사하여 내가 알아내리라. 만일 홍 진사가 바로 진짜 범인이라면 만 번 죽여도 마땅할 죄이지만은, 그렇지 않고 만약 혜광이가 범죄를 하고 홍 진사가 누명을 입은 것이라면 이 어찌 원통한 일 아니겠는가?'

이같이 생각하고 석양이 되기를 기다려 홍 진사 집을

찾아 들어가 하룻밤 유하고 가기를 청하였다. 그랬더니 주인은 별로 기동하는 기척도 없고 다만 허락할 뿐이었다. 어사가 누구인지, 어디 사는 사람인지, 이름도 묻지 아니하고 입을 아주 봉하여 놓은 것 같이 아무 말도 아니 하였다. 얼굴에는 수심하는 빛을 띠우고 간간히 한숨만 푹푹 쉬며, 앉았다 누웠다 좌불안석(坐不安席) 하는 기색이었다.

어사가 가만히 앉아 동정만 살펴보는데 젊은 소년 하나가 들어와 저녁 식사 시간임을 말하고 저녁밥을 들여보냈다. 그런데 주인의 밥상은 나오지도 않고 주인도 또한 밥 먹을 생각을 아니하더니, 어사의 밥상이 나간 후에 황혼이 되니까 젊은 소년이 물 같은 미음을 가지고 들어와 주인에게 강권하였다. 주인은 젊은 소년의 강권에 못 이겨 마지못하여 겨우 한 모금 마시고는 돌아앉았다.

어사가 보니 이상하고 궁금한 생각이 더 간절해졌다. 그래서 어사는 밤이 깊도록 동정만 보다가 연고를 한번 물어보았다. 그러나 주인은 분명한 대답을 하지 않고 다만

"내가 화근이오."

라고 할 뿐 다시는 대답도 하려 하지 않았다.

어사는 그날 밤을 그대로 지내고 다음 날 아침밥 먹은 후에 주인과 작별하고 근방으로 다니며 홍 진사 집 연고를 물어보았다. 다들 하는 이야기들이 주점 노파가 이르던 말과 추호도 다르지 아니하였다. 그러나 어사는 오히려 80 퍼센트 정도는 그 일이 홍 진사의 범죄라고 믿어지지 않았다.

그날 석양 즈음에 어사는 다시 홍 진사 집을 찾아 들어갔다.

주인의 거동이 왠지 좀 어제 같지 않게 어사와 인사를 주고받았다. 그러나 수심 어린 얼굴빛과 한숨 쉬는 거동이며 음식 먹는 방식은 조금도 나아지지 않고 어제와 마찬가지인 것 같았다.

어사가 홍 진사에게 다시 간절히 물었다.

"어제도 와서 주인장께서 수심하는 연고를 물어보았으나 말씀해 주지 않으셨습니다. 도대체 무슨 일로 그같이 수심에 잠겨 지내시는 것입니까? 저는 단지 지나가는 사람에 불과하지만 주인장께서 이미 손님으로 맞이해 주셨으니 말씀 못 하실 것이 뭐 있겠습니까?"

주인은 연이어 쉬던 한숨보다 한층 더 큰 한숨을 천정이 무너지도록 한 번 내어 쉬고는 서서히 말을 시작하였다.

"내가 집안의 화를 남에게 말씀드리는 것이 온당한 일

이 아니오나 오늘은 이미 구면인데다 내 집을 다시 찾아
오셨으니 감사하온 마음이 있기에 대강 말씀드립니다.

구월 초삼일은 우리 선친의 기일입니다. 이 동네 서쪽
에 있는 큰 기와집은 우리 맏형 댁이올시다. 삼 년 전에 아
들을 혼인시켜 며느리가 시집온 지 세 달 만에 우리 선친
의 기일을 당한 것입니다. 그날에는 집안에 있는 남녀 노
비들을 모두 맏형 댁으로 보내고 내 아내와 자식까지 다
보내어 제사 절차를 준비하도록 했습니다. 그날 우리 집에
는 다만 며느리 하나뿐이었고, 이 방에는 나 하나밖에 없
었어요. 그러다가 나 역시 자식의 도리로 보면 부모의 기
일에 편하게 앉아 있는 것이 미안하고 죄송한 생각이 들었
소. 그래서 잠시 갔다가 돌아오기를 수차례 하였지요. 마
침 점심때가 되었는데 요기하는 시간이 조금 오래되어 총
총히 집으로 돌아왔습니다. 한편으로는 어린 며느리가 혼
자 적적하게 있을 생각을 하고 내당 후원을 한번 순회하였
습니다. 우리 며느리는 평소 같으면 나의 기침 소리만 나
도 으레 뜰아래 내려 인사하는 모범적인 가정 예절을 갖추
고 있었어요. 뿐만 아니라 우리 며느리 효성이 매우 지극

합니다. 그런데 내가 기척을 내며 후원에 들어갔는데 이상하게도 아무 움직임이 없는 것입니다. 며느리가 나오지도 않고, 아무 응대도 하지 않아, 다시 기침 소리를 내었습니다. 그런데 내가 낸 기침 소리가 한두 번이 아닌데 도무지 동정이 없었습니다. 그래서 나는 생각하기를

　'어른이 없으니 낮잠이 들었나 보다.'

했지요. 하지만 집을 비워 두었던 고로 궁금한 마음이 들었습니다. 며느리가 어떻게 하고 있는지 궁금하기는 한데 예절 상 며느리 혼자 있는 방에 들어가 볼 수도 없어서 거짓으로 개를 꾸짖고 소리를 크게 내어 보기도 했습니다. 그러나 역시 움직이는 기척이 없고 조용하기만 한 것입니다. 점점 더 크게 의심이 들어 며느리를 한번 불러 보았으나 대답이 없고, 문까지 담뱃대로 두들겨 보았으나 아무 동정이 없었습니다. 그 정도 되니 이제는 궁금한 마음과 의심스러운 마음은 하나도 없고 두려운 생각이 들어 염치 불구하고 방문을 잡아당겼습니다.

　방에 들어가서 안에 벌어진 일을 보고 깜짝 놀랐습니다. 코에는 비린내가 확 풍기고, 방안에는 유혈이 낭자하였으며 우리 며느리는 칼을 맞아 죽어 있었습니다. 내가 얼마나 놀랐겠습니까? 이것저것 헤아릴 것 없이 급히 달려

들어 며느리를 붙들고 흔들어 보았습니다. 그러나 아무리 흔들어도 목숨이 아주 끊어졌으니 도리가 없었습니다. 게다가 며느리의 목에 칼이 그때까지 박혀 있었습니다. 나는 엉겁결에 칼을 빼어 손에 들고 문밖으로 급히 뛰어나갔습니다. 그런데 그때 마침 이웃에 사는 노파가 들어오며 내 모습을 보았습니다. 나는 손에 단도를 들었고 수족에 피를 묻혔으니 사실상 그 형편을 누가 보든지 의심할 만했습니다. 그런데 그 노파는 그것만 이야기한 것이 아니라 거기에 더 보태어 내가 며느리를 겁간하려고 하다가 살해하였다고 쑥덕거렸습니다. 이런 말이 차차 전파되자 저는 관부에까지 잡혀가서 무수한 형벌을 당하게 되었습니다. 내가 비록 더럽고 원통한 누명을 입었지만 그러한 현장이 말해 주는 사실 외에는 어느 한 가지도 나의 무죄를 증명할 증거가 없어 어쩔 도리가 없었습니다. 그렇게 짓지도 않은 죄를 뒤집어썼으니 그냥 일찍 죽는 것이 낫겠다 싶었습니다. 그렇지만 목숨은 아깝지 아니한데 누명을 벗지 못하고 죽는 것은 원통하다 싶었습니다. 게다가 아들을 생각하니 죽을 수가 없었습니다. 자식의 지극한 효성으로 오늘까지 잔명을 보존하여 죽지도 못하고 여태 살아 있습니다. 그러나 이런 악명을 벗지 못하고 죽으면 죽은 혼이라도 여한이 될 것입니다. 누명을 벗고자 해도 어디 하소연할 데도 없사오며 아직도 관부에 누명을 벗지 못한 상황입니다. 지금은 내가 이렇게 집에서 지내고 있지만, 그것은 나 대신 우리 맏형님이 수금을 당하고 있기 때문이오. 나는 신병을 치료한 후에 다시 감옥으로 들어가게 되어 있습니다. 내일이나 모레에는 내가 또 감옥에 가서 갇히고 우리 형님을 나오게 해야 합니다. 나는 얼른 죽고자 하는 마음이 하루에도 몇 번이나 생깁니다. 그러나 그렇게 내가 죽고 나면 남들은 내가 죄를 짓고 죽었다 말할 것입니다. 관부에서도 내가 굴복하기만 하면 바로 죽일 것이지만, 그런 악형으로 없는 죄를 무릅쓰고 죽기는 지극히 원통합니다. 나는 무슨 형벌이든지 내리는 대로 당할 뿐입니다. 이러니 세상에 이같이 지극하게 원통한 일이 이 세상은 물론하고 예로부터 지금까지 어디 또 있겠습니까?"

이와 같이 하는 말을 어사는 정신없이 앉아 들으며

'필경 혜광의 소행이 분명하니 내일이라도 급히 출도를 하여 이 옥사를 판결하리라.'

생각하고 주인을 위로하는 말을 한다.

"말씀하시는 사실을 듣고 보니 그때 형편은 오비이락(烏飛梨落)일 뿐입니다. 비록 악행을 숨기고자 하여도 청천 일월이 조명하오니 반드시 밝혀질 것입니다. 죄는 지은 대로 간다는 말도 있으니 죄만 없으면 설마 누명을 벗지 못하겠습니까?"

어사는 이렇게 위로하고 그날 밤을 지낸 후에 홍 진사의 집을 떠나 바로 합천 읍내로 행하였다.

대저 어사의 서리와 역졸로 말하자면, 어사가 무슨 변복을 하든지 동쪽으로 가든지 서쪽으로 가든지 어사의 종적을 소소히 알아야 한다. 서리와 역졸은 어사의 뒤를 따라 으레 대령하고 있을 뿐 아니라 경상도 칠십일 주에 비상망을 펼쳐놓아 거미줄 같이 연결해 놓았으며, 피차 암호를 두어 자신들만 서로 알아볼 수 있는 표적을 하고 다니고 있었다.

어사는 서리와 역졸을 단속하여 다음날 어사 출도를 하고 관아에 좌기하여 일을 시작하는데 가장 먼저 홍 진사를 잡아들여 엄중히 문초하였다. 그러나 역시 홍 진사 집에서 들은 말뿐이고 별다른 말은 더 없었다. 어사는 각면 각리와 근읍에 전령하여 내일 12시쯤에 인륜을 무너뜨리고 부정한 일을 저지른 대죄인 홍 진사를 능지처참 한다 하였다.

모든 백성이 홍 진사의 일을 다 알아서, 홍 진사의 소문을 모르는 자가 없었다. 모두들 홍 진사를 진짜 범인으로 생각하고 서로 욕하며 이렇게 말하였다.

　　"소위 명색이 문벌가 집안에서 그런 변이 어디 있나? 하늘도 두렵지 아니하고 귀신도 무섭지 아니한가? 문벌도 지체도 높은 인물이오. 지식도 문장명필이오. 형세도 좋아 부와 명예를 다 가진 사람이 무엇이 부족하여 개 같은 행실로 고왕금래(古往今來)에 듣도 보도 못한 죄를 지었을까? 벌써 죽여 없애 버릴 놈을 여태까지 살려 두었는데 어사또께옵서 내일 12시에 홍 진사를 죽인다고 전령하였으니 우리도 아무리 바쁘더라도 어서 가서 구경합시다."

　　이러면서 면면촌촌과 구석구석, 골목골목이 모두 홍 진사의 말로 넘쳐났다.

　　이튿날 새벽부터 합천 읍내는 사람사태가 일어났다. 동서남북에 난 큰 길, 작은 길 할 것 없이 모든 길에 남녀노소를 막론하고 인산인해를 이루었다. 어사는 장대에 앉아 홍 진사를 잡아내어 수많은 사람들 앞에 꿇리도록 분부를 내리고 말하기를

　　"너는 소위 명색이 문벌가이면서 인륜을 무너뜨리고 부정한 일을 저지른 대죄를 짓고 어찌 살기를 바랐더냐?"

하고 호통을 쳤다. 그런데 홍 진사는 추호도 두려운 빛이 없이 어사또에게 고하였다.

"일분도 아낄 것 없이 저를 죽여주십시오. 그러나 죽는 것은 추호도 원통치 아니하오나 천추만대라도 쓰지 못할 누명을 무릅쓰고 죽는 것은 지극히 원통한 바입니다. 명찰하신 수의사또께서는 세세히 살피시고 밝히시어 사실을 명백히 알아내시고 이 원통한 누명을 벗겨 주시고 원수를 갚아 주시옵소서."

겹겹이 늘어서서 구경하는 사람들의 마음에는 어사 입에서 분부 한 마디만 떨어지면 홍 진사의 목숨은 영결종천하리라 생각하였다. 홍 진사가 어떻게 될지 궁금한 사람들은 모두 어사또 쪽만 쳐다보며 무슨 분부가 내릴지 귀를 기울이고 듣고 있었다.

마침내 어사가 분부를 내리는데, 여러 사람이 생각했던 것과는 아주 딴 판이었다. 전혀 생각하지 못했던 분부를 명하는 어사의 태도는 무한히 깊이 생각하는 듯 무엇을 연구하는 듯하였다. 어사는 고개를 이리저리 기웃거리다가 본군 장교를 불러들여 만인 중에 세우고 엄숙히 물었다.

"여기서 해인사가 얼마나 되느냐?"

장교는 허리를 굽히면서

"예, 칠십 리로소이다."

이를 들은 어사는 소리를 높여 말했다. 모여 있는 여러 사람이 모두 알아들을 만큼, 홍 진사도 정신 돌아올 만큼, 큰 소리로 분부하였다.

"너희 장교 몇몇은 역졸 이십 명을 데리고 이 길로 바로 해인사로 들어가서 혜광이라는 중을 잡아오되 항쇄, 족쇄하여 내일 오전까지 재빨리 붙잡아서 대령하라. 만일 체포해 오지 못하면 너희들이 죽을 터이니 각별히 유의하여 거행하라. 혜광에 대해 알아둘 것은 키가 중간쯤 되고, 얼굴은 검은 편이며 성은 강씨라는 것이다. 근래에 경성으로부터 내려 온 듯하니 혜광의 용모와 특징을 역력히 기록하여 속속 거행하렷다."

"예! 어느 명령이라고 추호인들 만홀히 거행하겠습니까?"

하고 장교들은 역졸과 함께 해인사를 향하여 갔다.

그날 그곳에 모여 있던 사람들이 이 거동을 보고 제각기 말 한두 마디씩은 모두 지껄이는데 어떤 사람은

"이게 무슨 일이야? 홍 진사를 문초하시다가 별안간 중을 잡으러 보내다니 이 일이 웬일인가?"

하고 어떤 사람은

"어사또 영감이 신출귀몰하다는 말을 들었는데 오늘 하시는 것을 보니 무슨 곡절이 있는 모양이야. 그렇지 않으면 어찌 중을 잡으러 보낼까?"

하였다. 어떤 사람은

"앉아서 천리를 보는 영웅이 있다는 말을 옛이야기로는 많이 들었지만 가만히 앉아 계시는 어사가 중의 성명, 사는 곳과 용모까지 어쩌면 그렇게 자세히 알았을까?"

하고 어떤 사람은

"죄 지은 놈은 따로 있는 모양이라. 그러고 보면 홍 진사는 오죽 좋아할까?"

하며, 어떤 사람은

"그러면 그렇지. 홍 진사는 정직한 군자라고 칭송하는 사대부인데 그런 죄를 지을 리가 만무하지. 나는 홍 진사가 범인이라는 것이 애매하고 진짜 범인이 따로 있을지 모른다고 벌써부터 추측하였지."

했다. 어떤 사람은

"만일 범죄자가 따로 있다면 홍 진사도 이루 말할 수 없이 크게 기뻐할 텐데……. 사람마다 모두 마음이 상쾌할 일이여!"

하고, 어떤 사람은

"이번에 범죄자를 조사하여 밝히는 것을 보면, 죄 있는 백성은 마음이 조민하여 잠을 자지 못할 걸."

라고도 하고 어떤 사람은

"일시도 여가 시간이 없지만 불가불 오늘밤은 이곳에서 자고 내일 일이 어떻게 벌어지는지 보고 갈 테야."

라고 했다. 어떤 사람은

"이번에 범죄자를 찾아내면 우리 본 군수는 곤란하겠어. 애매한 홍 진사에게 밤낮으로 악형만 내리고 범인으로 몰았으니 말이지. 어사를 대할 때 참으로 얼굴 들기가 부끄러울걸."

하고 어떤 사람은

"이번 어사는 참 만고에 듣도 보도 못하던 일을 하는구나. 내일은 아주 결말이 날 모양이니까 내일 구경은 참으로 할 만한 구경이야. 나는 어서 가서 우리 동네에 이런 말을 널리 알리고 모두 와서 구경하라고 할 테야."

하는 것이었다.

지금까지 입 달린 사람은 모두 홍 진사를 욕하고 홍 진사를 세상에 다시없는 악인이라고 하더니 금세 인심은 변하여, 이제는 홍 진사가 정직한 군자라고 일컫는 사람도 적지 아니하였다.

홍 진사는 어사가 장교와 역졸을 해인사로 보내는 것을 보고 눈이 휘둥그레지며 여러 가지 생각이 한꺼번에 들었다.

'이것이 웬일인가! 하느님이 나를 불쌍히 생각하시고 어진 관원을 보내사 나의 누명을 벗겨 주시는 것인가? 나를 문초하다가 별안간 중을 잡으러 보내는 것이 정말 이상하지 아니한가? 만일 어사의 뛰어난 식견으로 나의 누명을 벗겨 주시면 나는 이 자리에서 당장 죽더라도 여한이 없을 것이다.'

홍 진사가 이와 같이 생각하는 동안에 어사가

"홍 진사를 옥으로 엄수하라."

라고 분부하였다.

그날 그 시각으로부터 합천 읍내 골목골목에서 모두들 수군거리는 말은 홍 진사에 대한 이야기였다. 길 위에 떠도는 이야기도 온통 어사의 정치에 대한 것이었다.

홍 진사는 비록 옥중에 갇혔으나 그날은 특별히 괴로운 줄도 모를 것 같은 하루였다. 어사가 하는 일을 보니 자신에게 한 점 희망이 돌아오는 것 같은 생각이 들었다.

"만일에 어사의 명찰하심으로 진짜 범죄자를 체포하게 된다면 나의 누명을 벗는 것도 상쾌한 일이겠지만 우리 불쌍한 며느리의 원수를 갚을 기회가 생기는 것이니 얼마나 통쾌한 일이겠는가!"

이러한 생각으로 잠도 자지 않고

"어서어서 해가 지고 밤이 지나가 내일이 오면 반가운 일이 있을 것이다."

이같이 생각하는 마음을 가진 사람은 홍 진사 한 사람뿐이 아니었다. 그날 친히 광경을 목도한 사람과 소문을 들은 사람까지 그날 밤이 어서 가기를 고대 고대하며 보냈다.

원망하는 세월은 특별히 빠른 법이고, 기다리는 세월은 특별히 지루한 법이라. 그날도 세월이 빨리 가는 것을 원망한 사람도 적지 아니하였겠지만 합천 일대와 근처 읍까지는 세월이 빠르지 못함을 도리어 원망하였다.

그러나 지구 순환은 원망을 헤아리지도 아니하고, 바라는 것도 좋아하지 아니하고, 원망하든지 기다리든지, 도무지 털끝만큼도 사정없이 이루어진다. 한번 정한대로 지구 속력대로 순환 시각대로 추호도 틀리지 않고 별로 빠르지도 않고 별로 더디지도 않게 규칙대로만 지구는 돌아간다.

모든 사람이 모두들 지루하게 생각하던 하룻밤은 이렇게 훌훌히 지나가고 다음날 해 뜨는 시간이 되니, 어사가 출근하여 일을 시작하기도 전에 객사에 있는 넓고 큰마당은 동서남북에서 온 남녀노소가 겹겹이 들어서서 가득 찼다. 어사도 위풍을 떨치며 객사로 나와 일을 시작하고 근읍 수령은 좌우에 시위하였다.

그리고 어사는 옥에 갇힌 홍 진사를 끌어내어 만인이 모두 한번 유심히 보라 하는 것같이 객사 마당에 뚜렷이 앉히고 해인사 소식을 기다렸다. 10시, 11시를 지나 12시가 될락 말락 하였을 때 해인사에 갔던 장교와 역졸이 들어오며

"혜광을 잡아 대령하였나이다."

하며 보고하였다.

어사는 반기는 듯도 하고 분노하는 듯도 하며 명하였다.

"어서 잡아들이라."

라는 한 마디가 떨어지니 옆에 섰던 서리, 역졸이 일시에 달려들어 혜광을 붙잡고 눌러 뜰아래 무릎 꿇게 해 놓았다. 여러 구경하는 사람들이 와글와글 지껄이던 말소리도 일시에 뚝 그치고 만백성의 눈동자는 혜광을 주목하였다. 모든 사람의 맑은 정신은 어사의 분부를 기다린다.

어사의 말소리는 전일에 혜광과 더불어 이야기할 때의 어리석은 듯한 것이 아니었다. 어리숙한 음성은 하나도 없어지고 위풍이 뚝뚝 떨어지도록 호령하는 말이 나왔다.

"이놈! 혜광은 분부를 들어라. 삼년 전에 너는 오가리 홍 진사 댁에 목화 동냥하러 왔을 때에 홍 진사 댁 며느리

를 겁욕하려 하였다. 그러다가 며느리가 순종치 아니하니 너는 칼로 그 목숨을 살해하였다. 그리고 너는 그 길로 도망하여 강원도 금강산과 관동팔경으로 서울까지 올라와 삼년 동안을 숨어서 피해 다녔다. 네가 이제야 돌아온 것은 네 마음으로 돌아온 것이 아니다. 하느님이 너를 미워하사 나로 하여금 너를 잡아 너의 극악한 죄를 다스려 죽이도록 하신 것이다. 네가 범죄한 사실을 직고하면 죽은 귀신이라도 온전하려니와 그렇지 아니하면 죽기 전에 악형을 맛보고 죽은 후에도 지옥 같은 고통을 면치 못하리로다."

이때에 혜광이는 천만뜻밖에 역졸에게 잡혀 와서 이런 호통을 들으니, 자기 죄가 지중한 줄을 알아 의혹하기를

'나의 죄상이 발각되었는가?'

하고 만심으로 걱정했다. 그러면서 어사의 분부를 들으며 생각하니 어사가 마치 저의 마음을 들여다보는 것 같았다. 자신이 죄를 저지른 그때 그 광경을 목도한 것 같이 하는 말과 그간 지내어 온 일까지 역력히 하는 말을 들으니 꼼짝할 수도 없었다. 또한 혜광이 자신이 범인이 아니라고

변명을 하려 해도 달리 어찌할 수가 없었다.

'어사는 필경 신이 아니면 영웅이로다. 분명히 알고 묻는 것을 무엇이라 대답하겠는가? 불가불 자복할 수밖에 없다. 다른 묘책은 없으리로다.'

이와 같이 혜광이 작정하고 어사의 분부가 그치기를 기다려

"예. 예. 알고 물으시는데 어찌 기망하오리까? 죄를 지어 죽을 때를 당하였으니 제발 어진 덕을 베푸시어 저를 살려 주십시오."

하며 범죄하였던 사실들을 일일이 자백한다.

혜광이 자백하는 말을 들은 백성들은 혼미하던 꿈에서 깬 듯하여 아직은 무엇이라 말이 없이 간담만 서늘해할 뿐이었다.

이 장면을 보고, 다 죽어가던 홍 진사는 벌떡 일어서며 어사께 사배하고 기뻐했다. 그러나 벙글벙글 웃는 얼굴빛을 하면서도 한 맺힌 슬픈 눈물을 떨어뜨리며 힘없는 팔을 벌리고 춤을 덩실덩실 추었다.

"이제는 내가 죽은들 무엇이 부족하겠는가?"

하며 희비가 교차하는 순간에 춤을 추며 어사의 공덕을 송축하였다.

홍 진사의 부인과 아들은 어사가 출도한 후에 홍 진사를 죽인다는 말을 듣고 진사 옆을 떠나지 않고 있었다. 그러다가 진짜 범죄자가 체포되고 홍 진사의 누명이 벗겨지는 것을 보고서는 기쁨을 진정할 수가 없었다. 사람들이 모여 있다는 것도 생각하지 못하고 홍 진사 가족들은

　"지화자!"

라며 소리를 지르고 두서없이 좋아서 팔짝 뛰며 춤을 추며 어사를 송덕하였다.

　구경하는 사람들도 비록 남의 일이라도 어찌 그리 상쾌하든지 함께 기뻐하였다. 모든 사람들이 홍 진사 집안사람들과 동감하며 어사를 높여 만세를 부르고 홍 진사를 위로하였다.

　어사는 역졸을 명하여 죄인을 도성 중에 회시(回示)하도록 했다. 그리고 혜광의 죄를 낱낱이 들추어 꾸짖고 곤장으로 처참하였다.

　어사는 홍 진사를 위로하며

　"진사는 나를 칭송치 말고 하늘께 하례할지어다. 어찌 인력으로 되었겠는가? 진사가 애원하는 통한에 창천이 감

동하심이로다."

하고 만심환희(滿心歡喜)하는 거동은 전일 김 진사의 아들을 신원한 것보다 배나 더 상쾌하였다.

어사는 죄 지은 자를 발각하고 무죄한 사람을 신원하여 주는 일이 어찌 그리 상쾌한지 더욱더욱 열심이 생겨서 불철주야 살피고 일일이 정탐하여 일 년 만에 경상도 정찰을 마치고 전라도로 행하여 갔다.

어사의 능력과 덕이 굉장하다는 소문이 얼마나 많이 퍼졌는지 각 읍 수령이 가혹하게 다스리는 일들이 없어졌다. 시골의 백성들도 모두 어진 마음을 발하여 산에는 도적이 없어지고 밤에도 대문을 닫지 않아도 될 정도였다. 사람들이 길에 떨어진 것도 줍지 않으니 그야말로 태평시절이었다. 온 나라에 인정이 넘치고 질서가 잘 잡히니 순 임금, 요 임금 시대 같은 태평성대를 이루었다.

어사가 이르는 곳마다 어사의 위풍에 초목이 흔들리고 송덕은 가는 길마다 이어졌다.

차차 전진하여 어사가 나주에 당도하였다. 거기서 어떤 사람이 원정 한 장을 올렸다. 그 사람은 해어져 다 떨어진 옷을 입고 부서진 갓을 쓴, 한 마디로 구차한 행색을 하고 있었다. 어사가 원정을 받아보니 적혀져 있는 이야기가 정말 길고 길었다. 얼마나 긴지 그와 같이 사연 많은 편지는 자신이 돌아본 충청도, 경상도를 다 통틀어 처음 보는 것이었다.

그 원정은 벌써부터 고을 원에게도 올라오고, 관찰사에게도 올라온 것이었다. 그것도 한두 번 올라온 것이 아니었다. 그렇지만 또다시 그는 원정을 올렸다. 그는 원정을 올리면서 그 사이에 패소하여 퇴각 맞은 판결문까지 모두 첨부했는데 그 원정의 내용은 이러했다.

본 읍 옥동에 거하는 이정윤은 지극히 억울하고 원통한 사연을 어사또님 전에 올리나니 제발 세세히 살펴주옵소서.

저는 본래 이태진 진사의 외아들이옵니다. 딸도 없는 집안에서 홀로 자랐습니다.

아버님께서는 살아 계실 적에 본동 안에 거하는 정 진사와 죽마고우로 형제같이 지내셨습니다. 그러던 중 양가의 정이 친척 사이보다 못하지 아니할 정도로 친하였기 때문에 서로 언약을 맺어 맹세하였습니다.

"우리 두 사람의 정을 대대로 자손들에게 물려주어 세세 유전하도록 합시다. 서로 도우며 살고 혹시 환란을 당하면 서로 어려움에서 구해주기로 합시다."

두 분 사이에 이런 금석 같은 언약이 있었습니다.

그런데 불행하게도 정 진사는 세상을 일찍 떠나게 되셨습니다. 정 진사에게는 아들 하나밖에 없었는데, 그 외아들 이름은 순복입니다. 일곱 살 된 소공자 순복은 모친을 모시고 살았습니다. 그러나 순복에게 남은 재앙이 아직 미진했던지 순복은 그 모친까지도 여의게 되었습니다. 혈혈단신이 된 순복이는 의지할 곳이 없었을 뿐 아니라 또한 집안 살림도 줄어 보잘것없어졌습니다. 저의 부친께서 그 불쌍한 처지를 생각하여 순복을 저의 집으로 데려왔습니다. 그때가 순복이가 여덟 살 때였습니다.

저와 순복은 동갑일 뿐 아니라 부친끼리 의리도 깊었기 때문에 이런 정을 생각하여 저의 부모는 자기가 낳은 자식같이 순복을 사랑하였습니다. 저 역시 순복과 친형제같이 지냈습니다. 저와 순복은 잠을 자도 한 자리에서 자고, 밥을 먹어도 한 상에서 먹고, 의복이나 어떤 일에도 차별 없이 동일하게 하였습니다. 저와 순복은 벗으로서 친하게 지냈을 뿐 아니라 글공부도 같이 하였습니다. 십육 세에는 장가가는 것까지 같이하여 한날한시에 정혼하였습니다. 그래서 남들이 저희를 보고 쌍둥이라 하는 사람도 있었습니다.

저와 순복은 어느덧 서로 생각하는 정이 골수에 새겨진 듯 매우 깊어졌습니다. 우리의 정이 깊어 일시도 자리를 달리 하지 아니한 것은 나주 일대 사람들이 모두 다 아는 바입니다.

그런데 세상인심이 점점 더 각박해지면서 저의 일가에서 자연히 비판하는 목소리들이 생겨났습니다.

"가까운 친척도 살기 어려운데 다른 사람의 자식을 왜 저렇게 귀하게 여기고 사랑하는가?"

이런 눈치를 저의 부친께서도 짐작하셨기 때문에 어느 날 순복 내외를 은밀히 불러 앉혔습니다.

부친께서는 다른 사람들의 출입을 금한 후에 다만 저희 부자와 순복 내외 네 사람만 한 방에 불러 앉히셨습니다. 그리고 저의 부친께서는 삼천 금을 순복에게 내어 주시며 부탁하셨습니다.

"우리 친척 중에 비판하는 사람들이 있으니 너희 부부가 내 집에 계속 오래 있다 보면 내가 죽은 후에는 악한 사람들에게 몰려 쫓겨날 수도 있다. 그러니 이 돈을 가지고 떠나도록 해라. 이 정도 돈이면 어디를 가든지 호의호식 할 수 있을 것이다. 부디 너희들이 살아있는 동안에는 물론이고 자손 대대로 이 의리를 잊지 말고 물려 주거라." 하시고 또 덧붙여 부탁하시기를

"이러한 이야기는 절대 입 밖에 내지 말고 나 죽은 후라도 너희 두 사람은 의리를 저버리지 말라."

라고 하셨습니다. 그리고 부친께서는 순복 내외를 내보내셨습니다.

순복 내외는 삼천 금이나 되는 돈을 가지고 남원으로 올라가 자리를 잡았습니다. 부친께서 주신 돈으로 논과 밭도 장만하고 재물도 불리기 시작하여 남원일경에서 첫 손가락 꼽을 만한 거부가 되었습니다.

그런데 저희가 살던 곳은 그 후로 죄악이 너무 심하여졌습니다. 부모 양친께서 모두 돌아가시고 나서는 가세가 점점 더 기울어져 비참한 지경에 이르게 되었습니다. 돌에도 나무에도 어디 몸을 붙일 데가 없이 아무 데도 의지할 곳이 없는 신세가 되었습니다.

저는 어찌 할 수가 없어 순복의 집을 찾아갔습니다.

순복이 처음에는 저를 반기는 듯한 모습도 없지 않았습니다. 그렇지만 하루하루 날이 지날수록 순복의 마음이 점점 변하여 가는 것을 알 수 있었습니다. 저는 생각하다 못하여 그동안 생계가 구차해졌다는 말을 하였습니다. 그런데 무도한 순복은 찔찔 웃으면서 원래 사람 사는 데 빈부가 있는 것이라 하면서, 그 모든 것이 천수라는 말만 하였습니다. 그리고 저에게는 돈 한 푼 주지 않았을 뿐 아니라, 쌀 한 되라도 먹을 것 하나 주는 일이 없었습니다.

저는 먹고 살기가 너무 어려워 얼마간의 돈이라도 좀

꾸어 달라고 간청하였으나 도적 같은 순복은 아주 냉정하게 딱 잘라 거절하였습니다. 그러니 저는 어찌할 도리가 없었고, 헛수고만 한 꼴만 되어 버렸습니다.

그러다가 저의 부모 기일이 박두하였습니다. 그렇지만 제 형편이 돌아가는 사세를 보니 부모님 제사를 지내지 못하고 빠뜨릴 지경이 되었습니다. 그래서 저는 다시 순복을 찾아 부모님 제사라도 지낼 수 있게 도와달라고 사정을 하였으나 그는 또 거절하였습니다.

그러니 이렇게 무도하고 무지한 사람이 또 어디 있겠습니까? 저는 분을 참지 못하고 선친께서 내어주셨던 삼천 금을 돌려달라고 하였습니다.

그랬더니 흉악한 순복은 노기를 발하며

"내가 받았다는 증거도 없는 돈을 어찌 갚으라는 거냐?"

하면서 삼천 금은 고사하고 삼천 푼도 가져 온 일이 없다 하면서 도리어 저를 쫓아내었습니다.

그가 하는 말은 모두 거짓입니다. 그리고 그는 오히려 저에게 위협합니다.

이 일에 대해 말하자면 저의 부모님만 아는 일인데 저의 부모님은 이미 이 세상에 다시 오시지 못하는 먼 길을 가셨기에 증거가 없습니다.

순복이 이런 식으로 나오니 저는 어찌할 도리도 없고 해서 돌아왔사오나 원통하고 분함을 참지 못하여 본 읍 관아에 누차 소장을 올렸습니다.

　　그러나 저는 모두 패소하였습니다.

　　또한 순천 읍에도 수십 차 소장을 올렸으나 그 또한 모두 퇴각 당했습니다.

　　그러니 이 원통한 한을 어디다가 호소하면 되겠습니까? 명찰하신 어사또님께서는 세세히 살피시어 무도한 순복을 중치하여 주옵소서. 그에게 주었던 삼천 금 돈을 받아 부모의 향화를 끊지 않게 해 주실 것을 천만 복측 바라나이다.

하였더라.

　　어사는 보기를 다하고 가만히 생각해 보았다.

　　'만약 이 내용이 사실이라면 분명히 억울한 일이다. 설혹 이정윤의 부친이 삼천 금을 주지 않았다 하더라도 그와 같이 박정한 사람이 어디 있는가? 이정윤의 부친이 삼천 금을 준 것이 아니라면, 이렇게 원정을 올린 것은 이상하다. 이정윤이 한두 번 관아에 소장을 냈다 했을지라도 패소하였으면 그만이지 이와 같이 고을 원에 소송하고, 관찰사에게 소장을 보낼 리가 있겠는가? 그 사이에 그 원정과 관련된 문서가 무더기로 쌓였으니 분명히 무슨 곡절은 있는 모양이다.

어쨌건 정순복이 한 일은 그야말로 통탄할 일이로다. 그러나 제대로 조사해 보지 않고서는 누가 옳고 누가 그른지 알 수 없는 일이다. 그럼에도 원정에 적혀 있는 사실로 보면 이 원정은 이치에 맞다. 이것을 어떻게 알아보아야 두 사람 가운데 누가 악인인지 밝힐 수 있을까? 깊이 연구하지 않으면 안 되겠다.'

하고 이정윤을 불러서

"물러가 분부를 기다리라."

하고 이 일에 대해 연구하기 시작했다.

'충청도에서 허다한 일을 많이 하였으나 김 진사의 아들 일보다 더 큰일이 없었으며 경상도에서도 홍 진사의 사건이 제일 컸었는데 전라도에서는 이 일이 적잖이 큰 사건이로다. 분명히 이 진사의 집에서 양육을 받고 분명히 이 진사의 돈을 가진 놈에게 저와 같은 마음이 있다면 그 놈의 마음은 능히 살인도 할 것이다. 그 놈은 능히 악한 짓도 할 것이다. 내가 앉아서 생각해 보아도 이같이 분한 마음이 드는데 이정윤이야 오죽 억울하겠는가? 이 일만 신출귀

몰하게 해결하게 되면 상쾌함이 저 두 가지보다 떨어지지 않을 것이로다.'

하고 이리 생각, 저리 생각하다가 손으로 서안을 탁 치며

"옳지, 옳지! 그렇게 하면 되겠구나."

하였다.

어사는 분부하기를

"눈치 빠르고, 말도 잘하고, 문필이 좋아 똑똑하면서 나이와 용모가 준수한 서리와 역졸 여덟 명을 불러오라."

하였다. 그리고서는 주변의 사람들을 물리치고 비밀스럽게 할 일을 설명하며 은근히 서로 약속하였다.

"너희 여덟 사람은 이 길로 바로 남원에 도착하여 정순복이라는 부자를 찾아가거라. 그리고 무슨 계교를 쓰든지 그 집에 머무르며 비밀스럽게 그 집 재산을 조사해라. 전답이 어디 어디 몇 평이나 있는지, 돈은 얼마나 되는지, 살림은 얼마나 되는지 꼼꼼히 조사하고 얼마나 되는지 역력히 기록하여 석 달 내에 대령하라."

서리와 역졸들이 분부를 듣고 각각 갈라져 남원의 정부잣집을 들어간다.

하나는 지나가는 나그네인 체하고 그 집에 머물다가 스스로 고용이 되고,

하나는 이 사람 저 사람 여럿에 걸쳐 소개를 받아 그 집 마부가 되고,

하나는 스리슬쩍 틈을 타 살그머니 들어가서 그 집 심부름꾼이 되고,

하나는 문필 실력을 드러내어 그 집 선생이 되고,

하나는 노동자 행색으로 들어가 그 집에 고용이 되고,

그 나머지 세 명은 그 집 여종 셋, 삼월이, 봉선이, 연심이의 남편으로 들어갔는데 아무쪼록 근면하고 성실한 거동으로 각각 맡은 소임을 잘 지켜 행하면서 틈틈이 그 집 재산을 빠뜨림 없이 조사하였다.

여덟 명의 역졸은 목적을 달성한 이상 한시라도 정 부잣집에 더 있을 필요가 없다고 판단하여 은밀히 약속하고 한날한시에 기회를 틈타 슬그머니 도망하였다.

어사또에게로 돌아온 역졸들이 자신들이 작성한 조사표를 어사에게 올리고 그 일을 하며 있었던 일과 알게 된 사실들을 고하였다.

어사는 즉시 남원부사에게 공문을 부쳐 정순복을 결박하여 잡아 대령하라 하였다. 그리고 역졸 여덟 명과 은밀히 약속한 뒤에 그들을 옥중에 가두고 정순복이 오기를 기다렸다.

남원부사가 어사또의 공문을 받으니 어찌 일시인들 지체하겠는가?

어사가 공문을 보낸 지 불과 열흘이 지나지 않아 정순복이 벌써 잡혀 왔다.

어사는 객사에 좌기하고 정순복을 잡아내어 문초하기 시작했다.

"하느님이 사람에게 반드시 어떤 소질을 주시어 일을 할 수 있게 하신다 하였는데, 너는 어떻게 할 일을 못 찾아 천하에 극악한 도적의 주인이 되었는가? 너는 남의 재물을 탈취하여 부귀와 명예를 갖고 호의호식하였다. 너 같은 악인을 어찌 하늘이 용서하겠는가? 너는 지금 여기 있는 이 신령하고 지혜로운 어사를 속일 수 있다고 생각하느냐? 네가 눈이 있거든 이것을 보라."

하고 어사가 정순복에게 재산 조사표를 내어보였다. 그러나 정순복은

"자세히 통촉하옵소서. 제가 어찌 남의 재물을 도적질하여 잘 살기를 바랐겠습니까?"

하며 무수히 부인하며 변명하였다. 어사는 정순복의 이런 태도를 보며 주먹으로 서안을 치며 천둥같이 호령하여 옥중에 가두어 둔 역졸 여덟 명을 잡아 올리게 하였다.

역졸 여덟 명은 정순복을 보고 각각 허리를 굽실굽실하며

"주인님께서는 어찌 잡혀 오셨습니까? 언젠가는 아무 때라도 이런 지경을 당할 줄 이미 알고 있었으나 주인님까지 몽땅 이렇게 잡혀 올 줄이야 어찌 생각했겠습니까? 우리는 형벌을 견디지 못하여 어찌할 수 없이 어사또에게 모두 다 털어놓았습니다. 우리가 도적질하여 주인님께 드렸던 것 모두 있는 대로 낱낱이 사실 모두 직고하고 말았습니다."

이같이 하는 말을 정순복이 들으며 생각하니 어안이 벙벙하고 정신이 아득하여 무엇이라 대답하기가 어려웠다. 그렇지만 뻔히 아는 사람이 인사하는 것을 모르는 체할 수도 없고 해서

"너희는 이게 웬일이냐? 온다 간다는 말이 없이 없어져 간 곳을 몰라 궁금했었는데, 너희들이 이곳에 있으니 뜻밖이로구나."

이러고 말았다.

어사는 추상같이 호령하며

"저놈의 여덟 명은 삼남 지방의 큰 도둑놈들이다. 사람들도 많이 살해하고 남의 재물을 많이 노략하여 더 이상 나쁠 수 없을 정도로 심한 악을 행하는 도둑 떼이다. 이것

이 모두 네 놈의 농간인즉 너를 먼저 조사하여 처벌할 것이다. 도적의 재물은 모두 포청의 재물이니 모두 몰수할 것이다."

라고 말했다.

어사의 명령을 들은 정순복은 기가 막히고 가슴이 답답하여 저 여덟 명의 도둑이 자기 집에 몇 달 동안 어떻게 있었던 것인지에 대해 설명하며 변명을 하고자 하였다.

그러나 어사는 정순복의 변명을 듣지 않고 호령하였다.

"너는 변명하지 말지어다. 저놈들이 바른말을 하지 않았을 때에도 나는 이미 너의 재산에 대해 의심을 품었었다. 너는 원래 남원에 거하던 사람도 아니요, 너의 행동거지가 분명치 못할 뿐 아니라 아무 생업도 없이 놀고먹은 사람이다. 그런데 재산이 어디서 나서 그와 같이 부자로 명성을 얻었겠느냐? 나는 벌써 네 일에 대하여 이미 다 조사했을 뿐 아니라 너의 부하와 만나 확인까지 하였다. 그러니 네가 무슨 말을 하겠느냐? 부자가 되는 방법을 말하자면 부모의 유업이 있거나 자수성가를 하는 것이다. 그런데 너 같이 부모 유업도 없고 밑천도 없는 자가 생업도 없이 이렇게 부자가 되었다면 도적질이 아니고서야 어찌 이같이 부귀를 얻고 명성을 가질 수 있단 말이냐? 네 죄는 만

번 죽어도 안타까울 것이 없을 죄이니 너를 너의 부하와
함께 모조리 목을 베는 형벌에 처할 것이다."

정순복은 속으로 생각하여 보았다.

'저놈들이 삼남의 큰 도둑 떼였을 줄 누가 알았겠는가?
어사가 하는 말을 들어 보니 내가 지은 죄가 아니라고 변
명하기가 매우 어려울 것 같구나. 또한 저 어사는 나의 재
산과 행동거지를 꼼꼼히 조사하여 나에 대해 꿰뚫고 있으
니 나도 솔직하게 말할 수밖에 없을 것 같다. 어사의 말과
같이 나는 원래 남원에 거하던 사람이 아니고, 부모의 유
업을 받아 이런 재산을 갖게 된 것이 아니기 때문에 저런
의심을 하는 것이 틀리지 않다. 그러니 저 어사에게 당초
에 내가 갖고 있던 자본금의 출처를 말하지 않으면 의심에
서 벗어날 수도 없고 죄를 면할 수도 없게 되었구나.

그러나 내가 만일 자본금의 출처를 바른대로 고하게
되면 내가 쌓은 재산을 다 내어주어야 할 수도 있다. 그렇
지 않아도 이정윤이 나를 두고 원정을 올려 소송을 걸고
있는 상황이니 내가 가진 돈을 그놈에게 다 물어주어야 하
게 되겠지.

그렇지만 있었던 일을 있는 대로 바로 고하는 것을 꺼
리고 어름어름하다가는 내가 가진 재산은 다 압수를 당할

것이고, 내 목숨까지 잃게 될 것이다. 내가 이 세상을 더 못 살고 죽는 것보다는 차라리 삼천 금을 물어주고 내 죄가 없다고 주장하는 것이 옳은 일일 것이다.'

라고 생각하고 정순복이 어사에게 간절히 애걸하며 말했다.

"사람이 어찌 남의 재물을 도적하여 부자라는 평판을 듣겠습니까? 본래 소생이 풍부한 자본을 갖고 있어서 전답도 사고 돈이나 곡식을 빌려주고 받은 이자로 재산을 모아 소위 부자라는 칭호를 들은 것입니다. 제가 가진 재산 중에 한 푼도 저놈들이 도적질한 재물은 없습니다."

정순복이 이렇게 말하니 어사는 더욱 노기를 발하며 호통을 쳤다.

"천만 부당하도다! 당초에 네가 자본금을 갖고 있었다는 증거가 확실하면 모르겠지만, 그렇지 않다면 간악한 너의 말을 내가 어찌 곧이듣고 믿겠는가? 네가 원래 자본이 있는 사람이라고 한다면 네 자본을 본 사람이 있었을 테고, 그 자본이 혹시 부모의 유업이라 한다 할지라도 그걸 증명할 수 있는 무언가가 있을 것인데, 현재 상황은 그렇지가 않다. 너에게 자본금이 있었다는 확실한 증거가 있기 전에는 네 말을 있는 그대로 믿을 수는 없겠다."

어사가 이렇게 말한 뒤 하인에게 명하여 정순복을 처

벌할 형틀을 준비하도록 했다.

　자신이 벌 받을 형틀까지 마련되는 것을 본 정순복은 마음이 몹시 당황하여 급해졌다. 자신의 목숨이라도 건져야 한다는 급한 마음에

　"예. 잠깐만 진정하시면 제 자본금의 증거를 말씀드리겠습니다. 소생이 본래 어렸을 때에 부모님께서 돌아가셨습니다. 부모님을 여의고 홀로 남은 어린 저를 이 고을 옥동 이 진사께서 거두어 수양아들로 삼아주셨습니다.

　그리고 이 진사는 이 소생을 불쌍히 생각하시고 삼천 금을 주시었습니다. 그래서 저는 그 돈을 자본금으로 삼아 논밭도 사고 재산을 늘렸습니다. 마침내 오늘에 이르러서는 명실 공히 부자라는 평판을 듣게 되었습니다. 이 진사는 이미 죽은 사람이 되었고, 이 진사의 아들 이정윤도 이 진사가 삼천 금을 소생에게 주는 것을 직접 눈으로 보았습니다.

　제가 어찌 한 푼이라도 도적질한 전곡으로 제 살림에 보태었겠습니까?"

하고 여덟 명의 도적이 자기의 집에 머물게 된 말이며 어디로 갔는지 모른다는 말을 일일이 상세하게 빠짐없이 고해 올렸다.

　정순복의 말을 들으며 어사는 얼굴에 노한 빛이 점차

사라졌다. 정순복의 말이 끝나자 어사의 노기는 어디론가
사라져 버리고 환한 얼굴로 변하여 말했다.

"그러면 지금이라도 이정윤을 불러 대질하면 되겠는
가? 이정윤의 말도 네 말과 전혀 다르지 않겠는가?"

정순복은 철썩 같이 대답한다.

"예. 만일 털끝만큼이라도 맞지 않거나 차이가 있으면
이 자리에서 죽여주십시오."

어사는 역졸에게 명하여 장교와 함께 가서 이정윤을
데려오도록 호출하였다.

어사가 분부하기를

"저 놈을 아느냐?"

하고 이정윤에게 물었다.

이정윤은 어사가 자기를 명하여 부르시는 것을 듣고
크게 기뻐하며 들어왔다.

이정윤이 들어와서 보니 정순복은 벌써 결박되어 꿇
려져 있었다.

이정윤이 어사 앞에 머리를 조아리며 대답했다.

"예. 저놈은 저의 집에서 수양아들로 삼아 기르던 정
순복이 맞습니다."

어사는 이정윤의 대답에 머리를 끄덕이며

"그렇다면 네 집에서 저 놈을 네 집에서 수양아들로 기르다가 내어 보낼 때에 삼천 금을 준 일이 있느냐?" 라고 물으니 이정윤이 대답하였다.

"과연 그러합니다."

어사는 허튼 웃음을 껄껄 웃으며

"잘못하였으면 죄 없는 두 사람을 붙잡을 뻔하였구나. 그러면 정순복 너는 삼천 금을 이정윤에게 갚아주었느냐?" 하였다.

정순복이 어사의 물음에 답하기를

"제가 아직 그 돈을 갚지 못하였사오나 여기서 나가면 곧바로 갚아주도록 약속하겠습니다." 하였다. 정순복의 대답을 듣고 어사가 연달아 껄껄 웃으며

"그렇다면 너는 도적이 아닌 것이 분명하다. 남의 돈은 갚아주어야 하는 것이 당연하니 정순복이 네가 이정윤에게 돈을 돌려주는 것이 의무이다." 하고서는 즉시 이방을 불렀다. 그리고 명하기를

"아전들 중에 문자와 계산에 밝아 똑똑한 사람들을 골라 십여 명을 불러 오라." 하였다.

어사는 그 아전들을 데려다 놓고 그 자리에서 삼천 금

을 빌려 십칠 년 동안 해마다 이자를 갚는다고 할 때 얼마
나 되는지 계산하여 보도록 했다. 그랬더니 정순복의 재산
이 오히려 부족하였다.

이것을 확인한 어사가 다시 정순복에게 엄숙히 분부
하였다.

"이정윤의 돈을 해마다 이자를 계산하고 본전과 합하
여 보니 너의 재산이 반 이상 부족하다. 그러나 당장에 없
는 것이야 어찌하겠느냐?"

어사는 이렇게 정순복에게 말하고 여러 고을의 수령
들에게 이를 입증하였다.

그리고 어사가 친히 증명 문서를 성급히 작성하여 인
장 마패를 찍은 후에 정순복의 손도장을 받아 이정윤에게
내어주었다.

이정윤이 자신의 속에 깊이 서리고 담겨 맺혀 있던 원
한을 모두 풀고 그 많은 재산을 모두 차지하여 졸지에 거부
가 되게 되었으니 그 즐거움이 얼마나 크겠는가? 그렇지만
정윤의 생각에 시원하고 기쁜 쾌락한 마음도 한량이 없지만
또 다른 한편으로 여러 가지 감정과 생각들이 일어났다.

'삼천 금을 찾아 달라고 원정을 올렸더니 십만 금이나
되는 많은 돈을 찾아 주시는구나. 그런데 십 몇 년 동안 삼

천 금에 대한 이자가 그처럼 많은 걸까?'

이정윤은 여러 고을의 수령이 입증하고 어사가 마패로 증명하여 주는 문서를 받으면서도 즐거운 마음보다 슬픈 마음이 더 앞섰다. 그런 마음에 북받쳐 이정윤이 눈물을 떨어뜨리며

"아아. 이것이 나의 본뜻이 아니다. 무지한 정순복아! 이와 같이 많은 재산을 내가 원했던 것이 아니다. 십만 금은 그만 두고 나에게 삼백 금만 주었어도 내가 이런 원정을 하지 않았을 것이다. 아니 삼백 금은 그만 두고 일백 금이라도 주었다면, 아니 그만큼이 아니라면 우리 부모님 제삿밥 거리라도 보태 주었어도 내가 이같이 원정을 올리지는 않았을 것이다.

네가 인색하여 돈을 차마 줄 수 없었다면 빈 말이라도 나에게 잘 해 줄 것이지…. 그래서 내 마음만이라도 편하게 해 주었다면 내가 이러한 원정을 아니 하였을 것이다. 아아. 우리 부친과 너의 부친이 서로 잘 지내시던 일은 참 애석하구나. 나와 네가 같이 먹고, 같이 자고, 같이 입고, 같이 벗고, 같이 공부하고, 같이 사랑하여 형제 같이 지내던 일은 일장춘몽이 되었구나. 악독한 정순복아! 너는 지금부터 어떻게 살려고 하는 것이냐? 네가 여덟 살 적에

우리 집으로 들어올 때에 불쌍했던 그 모양이 지금도 내 눈에 선하구나. 그런데 지금 다시 불쌍했던 그 모양이 되었구나! 네 마음 악독한 것을 생각하면 꿈인들 생각하겠느냐마는 자손 대대로 의리 있게 사이좋게 지내라고 하시던 부친의 유언을 들은 나의 마음은 지금까지도 변하지 아니하였다."

라고 한탄하고 통한해 했다.

그리고 이정윤은 어사에게 머리를 조아려 하례하고 땅에 엎드려 말씀을 고하여 올렸다.

"저는 남의 돈은 원치 않습니다. 그러니 다만 삼천 금만 저에게 받아 주옵소서. 삼천 금도 저의 선친께서는 받고자 하신 바가 아니고, 저도 또한 받는 것이 본심이 아니옵니다. 삼천 금은 그만 두고라도 저 놈의 입으로 자복하는 말만 들어도 이제는 여한이 없습니다."

어사가 이 말을 듣고 이정윤을 치하하며

"너는 돌려받는 돈이 많다고 겁내는 것이냐? 너는 도적보다 더 악독한 순복을 도리어 생각하는구나. 십만 금이라는 돈은 다 너의 삼천 금이 새끼를 쳐 낳은 것이도다. 그러니 너는 마땅히 받도록 하여라. 삼천 마리 양을 사 두었는데 그 양들이 십칠 년 동안에 십만 마리 새끼를 낳았다면, 너는 새끼는 모두 버리고 어미 양 삼천 마리만 찾을 것이냐? 오늘 너에게 주기로 한 십만 금이라는 돈은 남의 돈이 아니고, 모두 다 너의 돈이다. 도적 같은 정순복을 다시는 생각하지 말고 모두 다 받을지어다. 무도한 정순복은 오늘부터 기갈을 면치 못하게 되었어도 그것은 당연한 일이지 도와줄 일이 아니다. 저 놈의 행위가 모든 사람들에게 모두 발표 되었으니 어디를 가든지 불쌍하다는 말은 듣지 못할 것이다.

정순복이가 네게 분명히 걸식하러 올 것이니 너는 부디 정순복이가 너를 괄시한 것처럼 정순복을 괄시하지 말도록 하여라."

어사의 말을 듣고 이정윤은 눈물을 뚝뚝 떨어뜨리며

"저 놈이 이제까지 저지른 일들을 보자면 천만 만만 통탄할 짓입니다. 그렇습니다만 선친의 유언이 지금도 오히려 귀에 쟁쟁하게 남아 있사옵고 삼천 금만 받는다 해도 저 어두운 저승에 계신 선친의 영혼께서 저를 꾸중하실 것입니다.

바라옵건대 삼천 금만 저에게 내어주시고 나머지는 정순복에게 도로 돌려주옵소서."

하는 것이었다. 어사는 이정윤과의 이야기를 중지하고 정순복을 내려다보며 타이르기 시작했다.

"사람에게 의리라 하는 것이 없으면 어찌 금수와 다를 것이 있겠느냐? 이 진사가 너를 데려다가 길러준 은혜는 고만 두고라도 보통의 친구 간 의리로만 따져도 네가 한 짓은 오륜 중 하나를 어긴 것이다. 이정윤과 너 사이에 친구로서의 정이라도 있었다면 그렇게 할 수 없었을 것이다. 이 진사가 너에게 베푼 공로를 생각하지 않고 의리를 저버렸으니 어찌 통탄하지 아니하겠는가? 너는 다만 남의 돈을 맡아 두었을 뿐인 것이니 임자에게 돌려보내 주는 것이 옳은 이치이다. 이와 마찬가지로 너는 이정윤의 돈을 잠시 보관하고 있었던 것이라. 그러니 네가 지금 이정윤에게 돈을 내어주는 것이 어찌 추호라도 불공평하다고 하겠는가? 오늘 너를 잡아 온 것은 너를 도적으로 인정하였기 때문이 아니다. 저 여덟 사람도 삼남의 큰 도적놈들이 아니라 나의 역졸들이다. 너 같은 놈을 하늘이 미워하시어 나로 하여금 너를 엄중히 다스리라고 하시는 뜻이니 너는 나를 원망치도 말고, 너의 은인 이정윤도 원망치 말고, 다만 너의 악한 죄상을 원망할지어다."

어사의 말을 듣고 정순복은 고개를 숙이며 사죄하였다.

"제가 진실로 잘못하였습니다. 제가 그 때 이정윤을

대하였을 때 소생의 마음은 참으로 악독하였습니다. 이 진사의 하늘같은 은혜를 저버렸으니 저는 죽을죄를 지은 놈이옵니다. 또한 이정윤의 의리를 저버렸으니 악독한 죄인이올시다. 지금부터는 저에게 한 푼의 재물도 없는 것을 절대로 원망하지 아니하고 다만 소생의 죄를 자책하겠습니다. 지금부터는 걸인이 되더라도 소생에게는 오히려 감사한 일입니다. 이정윤의 의리 있는 말씀을 들을 때에 소생은 참으로 깊이 후회하였습니다. 어사또님께서 내리신 분부를 들으면서는 아주 감사한 생각이 들어 저의 잘못을 뉘우치고 스스로 꾸짖었습니다. 저는 오늘부터 죽음에 이를 때까지 남은 평생 동안 이정윤에게 지은 죄를 보상하며 살겠습니다. 설령 이정윤의 마음은 변함이 있을지라도 소생은 아무쪼록 예전에 지은 배은망덕한 죄를 씻을 수 있도록 보상하여 저의 악한 허물을 벗어 볼까 하나이다."

어사는 이정윤이 의리를 생각하여 한 말과 정순복이 자신의 죄를 뉘우치고 자책하는 거동을 모두 아름답게 생각하여 정순복의 재산을 공평하게 반으로 나누어 정순복과 이정윤에게 주었다. 그리고 서로 의리를 저버리지 말라고 한참 타일러서 보내었다.

이정윤과 정순복 두 사람은 어사의 공평함을 송덕하

고 서로 한 집 같이 지내며 예전에 그랬던 것처럼 친한 정을 나누며 살았다.

어사는 오륙 개월 만에 전라도를 잘 다스리고 본가에 돌아와 부모를 뵈온 후에 즉시 상경하여 전하를 뵙기 위해 대궐 안으로 들어갔다.

전하께옵서 박 어사가 강명 정직하고 지혜롭고 총명하며 민첩함을 훌륭하다고 헤아리시어 벼슬을 내리시고 조정의 중요한 일들을 의논하시었다.

어사가 이십 삼 세에 이르렀을 때에 충청도 윤 참판의 영애를 맞아 혼인하였다. 어사 부부는 서로 화락하여 아들, 딸을 낳고 부귀영화를 누리니 뉘 아니 부러워하겠는가?

어사는 사십 오 세에 되었을 때에는 벼슬이 이조참판에 이르렀으나 오히려 마음이 게으르지 아니하고 나라를 받들고 임금 섬김을 정성으로 행하였다.

어사가 오십이 되었을 때에는 벼슬을 굳이 사양하고 청풍 본가에 돌아와 구름에 밭 갈기와 달 아래 고기 낚기를 일삼으며 산수에 재미를 붙여 나머지 세월을 보내었다.

어사가 이렇게 자연과 벗 삼아 지내며 자신의 일생 동안 있었던 인생 역사를 홀연히 앉아 생각하니 눈앞에 선하게 또렷이 떠올랐다.

'내가 악한 죄인도 많이 다스려 보았고 선한 사람들에게 포상도 많이 하였고 불쌍한 사람도 많이 구원하였으며 원통한 일도 많이 신원하였다. 그런데 그 중에서도 이천 김 진사 아들과 합천 홍 진사 며느리의 일과 나주 이 진사 아들의 일같이 기이하고 즐겁고 상쾌, 통쾌한 일은 없었구나. 내 마음만 쾌락할 뿐 아니라 허다한 사람들도 쾌락한 일이요, 세 사람의 집에만 행복한 일이 될 뿐 아니라 일국 전체가 쾌락한 일이로다. 그런 고로 이 같은 공공적 쾌락을 어찌 오래오래 전하지 아니하겠는가?

나는 마땅히 천금을 던져 이 같은 쾌락을 기념하리라.'
하고 청풍 도화동 어귀에 산 좋고 물 좋은 데에 삼산을 좌우에 두고 삼계를 응하여 정자 하나를 지어 두고 현판을 달았는데 이름을 '삼쾌정'이라 하였다.

그때에는 사람들이 모두 삼쾌정의 내력을 아는 자가 허다하였으나 세월이 오래 지날수록 삼쾌정의 의미를 알아보는 사람이 드물었다. 그래서 삼쾌정의 내력을 모르는 사람들은 이 정자 이름의 유래가 산수 경치가 아름답고 소나무 숲 사이를 부는 바람이 상쾌하고 깨끗한 것을 말하는 것인가 하기도 하고, 아니면 수를 세어 더하여 보며 산도 아름답고 물도 아름답고 정자도 또한 아름다우니 이 셋을 일컬어 삼쾌정이라 하였는가 하기도 하였다.

이렇게 사람마다 한 번씩은 연구를 하여 보았으니 여기서 실제 삼쾌정이라 이름을 붙이게 된 이유를 말한다. 삼쾌정의 오묘한 뜻은 산수 경치가 수려하고 바람은 맑고 달이 밝은 데에 그치지 아니하고 삼쾌정 주인의 일평생 역사 가운데에서 제일 상쾌한 일 세 가지를 들어 기록한 것이라는 데 있다.

기록하는 자가 평하여 말하기를

"아름답다, 삼쾌정에 담긴 사실이여! 가히 연구가에게 이상적인 재료가 될 것이다. 또한 가히 정탐가에게 심리적인 가르침이 될 것이다. 뿐만 아니라 이 삼쾌정에 기록된 사건들이 차차 사람들에게 알려지게 되면 모든 사람들이 올바로 살아갈 수 있는 지침이 될 것이다. 악한 마음으로 죄를 범한 자는 문득 두려운 생각이 들 것이고, 선한 마음으로 덕을 닦는 사람에게는 문득 즐거운 생각이 생길 것이니 삼쾌정의 사실은 사람들 각각의 양심을 비추는 거울이 될까 하노라.

삼쾌정 끝.

현대어

박문수전 · 삼쾌정

초판인쇄 2021년 9월 15일
초판발행 2021년 9월 29일

옮 긴 이 서유경
발 행 인 윤석현
책임편집 김민경
발 행 처 도서출판 박문사
등록번호 제2009-11호
우편주소 서울시 도봉구 우이천로 353
대표전화 (02) 992-3253
전   송 (02) 991-1285
전자우편 bakmunsa@daum.net

ⓒ 서유경, 2021.

ISBN 979-11-89292-88-1   03810   정가 10,000원